PELIGROSO

RANCHO WOLF
LIBRO 10

VANESSA VALE

RENEE ROSE

Regla #10 de la manada - Mantén controlado a tu lobo interno.

Vivo solo en la montaña por una razón.

Soy peligroso: demasiado fuerte, demasiado agresivo, demasiado cercano a lo salvaje.

Pero entonces llegó *ella*, con sus curvas dulces, su voz seductora, y un aroma que vuelve loco a mi lobo.

Una humana hermosa que sirve tragos en el Bar de Cody y esconde un pasado abrumador detrás de su sonrisa.

Lo sé ni bien la huelo: ella es mía. Mi pareja. Estoy hecho para ella.

Mi lobo sale a la superficie para reclamarla. Pero ella acaba de escapar de un ex controlador que intentó silenciar su música, su voz, su mismísima alma. Mis instintos de alfa son todo lo que teme; soy posesivo. Dominante. Abrumador. Y ella está aterrada de volver a perder su libertad.

Me contuve toda la vida. De la manada. Del poder. De la locura en mi sangre.

Pero no me contendré con ella. No cuando ella es lo que me mantiene con los pies en la tierra.

La protegeré. La complaceré. Le devolveré la música a su mundo.

Y si ella me deja, la volveré mía, por completo.

Incluso si tengo que desatar cada parte oscura y peligrosa de mí para hacerlo.

BOONE

ELLA ESTUVO AQUÍ.

Un aroma entre la muchedumbre activó a mi lobo. El aroma femenino delicioso tenía notas de miel y durazno. Nunca antes me gustaron.

Pareja.

Escuché que se supone que lo sepas ni bien huelas a tu pareja, pero fue difícil imaginarme cómo se sentiría. Lo asombroso que fue. Y lo frustrante. Nunca lo había sentido yo mismo. Nunca lo había imaginado porque viví por muchos años en una gran ciudad. Es irónico porque había tantas personas en comparación con Cooper Valley.

Ahora lo sabía. Se sintió como si hubieran encendido algo y no hubiera forma de volver a apagarlo.

Mi mente me dijo que no tenía sentido. Nada se interpone entre un transformista y su pareja, ni siquiera la lógica y la razón. Ella era mía, donde fuera que estuviera.

Mi respiración se metió en mis pulmones rápidamente en una bocanada enorme y mi sangre viajó hacia el sur hasta mi verga.

Mierda. Me puse duro de inmediato por un aroma.

Por una pareja a la que nunca vi con mis ojos. Gracias al cielo había bajado de la montaña para dejar un montón de leña en la cabaña de Cody, quien me obligó, el maldito, a venir al bar a que me pagara en persona.

¿Dónde estaba ella?

¿Quién era?

Miré entre la multitud; un cazador en busca de su presa. Estaba seguro de que mis ojos habían cambiado de color, se habían enfocado como solían hacerlo cuando mi lobo se volvía dominante. Mi nariz localizó ese aroma a miel, pero con la multitud de sábado amuchada en el bar de Cody fue realmente difícil distinguir de dónde venía.

¿Dónde estaba ella?

Las mujeres se movían al ritmo de la música country, todas engalanadas con sus diminutos atuendos de mírame-a-mí, a pesar del clima frío y las montañas de nieve afuera. Había incluso más hombres amuchados a su alrededor, bailando cerca, esperando tener suerte para cuando terminara la noche. Muchos de ellos la tendrían. Esperaba que yo también.

Pero sus metas de hacerlo no significaban nada para mí y mi lobo. Sería mejor que se alejaran bien porque una de esas mujeres que estaban aquí me pertenecía.

Me moví entre los grupos de cuerpos, intentando localizar su aroma. La alegría que sentí cuando lo percibí por primera vez casi me hizo transformarme ahí mismo en lo de Cody, rodeado de muchos humanos que realmente se asustarían.

Tenía treinta y ocho. Mierda, ya había perdido la esperanza de encontrar a mi pareja cuando me fui del pueblo para ir a la universidad. Sí, yo en la Universidad de Columbia. A los dieciséis. Para ese entonces ya había alcanzado mi tamaño y me había negado siquiera a considerar pelear con el Lobo Rob por la posición de alfa cuando murió su papá. Casi maté a mi padre en esa discusión y hui, con la cola entre las patas, lo más lejos que pude de la tierra de la manada hacia La Gran Manzana y la universidad.

Fue más seguro para todos que me hubiera ido, transformistas o humanos, porque era un maldito malhumorado incluso cuando intentaba ser amistoso.

Pero años más tarde también me fui de Nueva York igual de rápido que de Cooper Valley. Había pasado de elegante director de fondo de inversión a leñador ermitaño porque parecía que sin importar dónde viviera o qué hiciera, traía malas noticias. Pasé mis días en el bosque. Talé árboles para ganarme la vida. No tenía compañeros de trabajo por una razón. No había tiempo que perder hablando junto al dispensador de agua. Dios, estaba oxidado en la sociabilización y esta visita a la ciudad lo había vuelto evidente. Pero ahora estaba obsesionado con encontrar a la única persona con la que pasaría todo el resto de mi vida.

Ella.

Con el recuerdo de su aroma tatuado de forma permanente en mi lóbulo frontal, estaba casi loco. Sentía que mis colmillos comenzaban a descender, listos para encontrar, morder, y tener sexo.

Si no la encontraba y la marcaba rápido, podría perder el control y eso sería algo malo. Quedarme en la cabaña no me mantendría a salvo a mí o a nadie más por mucho tiempo. Enloquecería lentamente y en algún momento me volvería lunático.

Tenía que encontrarla. Tenía que tenerla. Tenía que hacerla mía. O tendrían que dormirme.

Recorrí la pista de baile junto al perímetro, pero no podía volver a encontrar ese aroma.

Yo no era de bailar. Maldición, ni siquiera me caía

bien la gente, sobre todo las multitudes. A la mierda. Empujé con mis codos para llegar al centro como un toro embistiendo. Les llevaba más de una cabeza a la mayoría de los que estaban allí, incluso a los tipos con sombreros de vaquero, y la intensidad de mi necesidad por encontrar a mi mujer me volvía agresivo. Como si hubieran sentido el peligro en el que estaban, la multitud se abría para hacerme paso.

Pero todavía no encontraba a mi pareja.

¿Dónde CARAJOS estaba?

Miré rápidamente hacia la puerta. ¿Y si ella estaba saliendo y su aroma todavía se sentía, pero se había ido? ¿Y si *me perdí* a mi maldita pareja? ¿Y si ella estaba allí afuera ahora mismo y nunca la encontraría?

Gruñí y aquellos que estaban cerca sintieron el sonido en lo profundo de mi pecho por encima de la música.

Volví rápido por la pista de baile en dirección opuesta, sin importarme que me chocara con gente al salir, recorriendo el área central del bar hacia la puerta principal.

Cody me vio fruncir el ceño cuando pasé por detrás del bar y levantó una ceja intrigada, pero lo ignoré a él y a su gesto. No iba a causarles problemas a él o a ninguno de sus patrones, si eso estaba pensando, al menos mientras se apartaran de mi camino.

Sólo necesitaba encontrar a mi pareja. Ahora.

Abrí la puerta y salí por la acera. Podría llegar a olerla mejor aquí afuera, con menos aromas que confundieran las cosas.

Levanté la nariz en el aire frío. Estaba oscuro; las luces de la calle hacían que todo brillara más blanco, que las pilas de nieve en la vereda fueran más resplandecientes.

No. Ella no había estado aquí recientemente.

Había nevado casi treinta centímetros la noche anterior, pero la acera estaba seca y despejada. Debería haber tenido frío, pero... no. Mi sangre todavía estaba acalorada. Demasiado caliente. Sobre todo ahora.

Regresé adentro, donde todo estaba lleno y de pronto más sofocante. Volví a recorrer la pista grande con mi mirada. Ella no estaba bailando. O junto al toro mecánico. O en el bar.

Si no estaba en esta zona, entonces... ¿el baño?

Regresé junto a las mesas altas y me encontré a Rand, un lobo amigo mío.

—Ey, Boone. Qué bueno verte. ¡Bajaste de la montaña! —Me dio una palmada en el hombro y lucía igual de sorprendido que feliz. No había mostrado el rostro en la ciudad más que para hacer compras u otras citas necesarias, y esas eran pocas y bien espaciadas—. A Natalie y a mí realmente nos está gustando la nueva cama.

—Sí, —murmuré, pasando junto a él para ir hacia la parte trasera donde estaban los baños y el depósito.

Él y su nueva esposa Natalie, una humana, querían algo especial, así que encontré el árbol perfecto, lo talé, y se lo di a mi hermano, Roy, para que hiciera su magia de carpintero y lo transformara en una cama. Yo talaba. Él construía. Todos compraban.

—Bueno, fue bueno hablarte, —me gritó riendo mientras me alejaba. Nos conocíamos hace años y, por suerte, no se ofendía ante mis malos modales. Sabía que era descortés. Simplemente no me importaba.

Cuando le explicara por qué actuaba más pendejo de lo normal, me entendería.

Había la parte trasera del edificio, su aroma se volvía más fuerte. ¡Sí!

Algo en mí se relajó y se puso más nervioso al mismo tiempo. Mi verga se despertó y me lobo acechaba, ansioso.

Pareja.

Mía.

Reclamar.

Respiré profundo por la nariz para calmarme, pero me salió mal porque sentí más de su aroma a miel. Mierda, eso olió tan bien.

Iré por ti, pareja.

Casi me transformé otra vez. Un temblor de perro recorrió mi cuerpo mientras intentaba controlarme.

Cualquier humano que me estuviera viendo pensaría que tenía frío. Mis colmillos ya se estaban alargando más, como si el lobo fuera a marcarla ni bien saliera del baño de mujeres.

Esa probablemente no sería la mejor estrategia. Se hacía; había escuchado de mujeres a las que las marcaron en el medio de juegos de apareamiento, ni bien las encontró su pareja, pero debería intentar mostrar algo más de delicadeza.

Primero cómprale un trago.

Coquetea un poco.

¡Ja! Yo. La delicadeza y el coqueteo no son dos de mis cualidades. Mierda, apesto en ambas.

Yo era más del tipo cambiaformas hombre que busca «llevarla a casa, hacérselo bien y hudirle los dientes en su dulce piel de miel». O del tipo de cambiaformas hombre que golpea bien a su propio padre y lo deja por muerto. De cualquier forma, no tenía idea de qué carajos estaba haciendo, sobre todo con una mujer, sólo me guiaba mi lobo.

Intenté ser casual, apoyando la espalda contra la pared blanca junto al baño de mujeres y mirando fijo la foto histórica enmarcada. Había ayudado a Cody a instalar el revestimiento de madera aquí cuando modernizó el salón hace unos años. Talé el pino y lo tallé yo mismo de la madera que rodea el Rancho Wolf para construir el acabado y el suelo, incluso hallé algunos tablones de madera reciclada para darle algunos detalles.

Me pareció apropiado encontrar aquí a mi pareja, en el bar de mi amigo de la manada, después de irme de Nueva York. Que mi hogar fuera ella.

Golpeaba el piso con mi bota de cuero con impaciencia. Ella no salía. ¿Cuánto tardaban las mujeres en el baño de todas formas? ¿Qué más había para hacer que pis y lavarse las manos?

Un par de chicas habían entrado y salido mientras esperaba, pero mi pareja no.

Mi agresión se disparó con un gruñido que emergió cuando volví a tener la idea de volver a perderla. Antes de poder pensar o calmarme, levanté mi brazo musculoso y golpeé la puerta; luego la empujé del todo y entré.

—¿Qué carajos? ¡Sal de aquí! —Una mujer que se estaba poniendo labial frente al espejo me miró mal; luego sus ojos se abrieron cuando se tomó otro segundo para mirarme bien. Yo era grande, realmente grande, y la hice pensar dos veces antes de hablarme mal. Odiaba la forma en la que me miraban. Como si fuera realmente salvaje. Como si tuviera miedo de que fuera a lastimarla.

No la lastimaría a ella ni a ninguna mujer, pero no lo sabía. Sobre todo cuando estaba en una cacería de mi maldita pareja.

La ignoré porque ella seguramente no era mi pareja; levanté la nariz y olí.

¡Mierda! ¡Ella no estaba aquí!

Giré y regresé por el pasillo mientras una mesera pequeña y rubia salía de detrás del bar con una bandeja llena de botellas de Bud Lite y escocés Mountain Man. El aroma de la cerveza fue lo primero que me llegó, pero luego sentí el olor a su dulzura.

¡Era ella! Maldita sea, era realmente perfecta. Pequeña. Todos eran diminutos comparados conmigo. Ella probablemente me llegara al hombro, y su cintura tenía el mismo grosor que mi muslo. Mierda, era frágil. Rompible. Su cabello seguía la línea de su mandíbula y su flequillo cubría su frente. Tenía el rubio miel del tono más lindo que combinaba con su aroma. Y sus ojos azules eran un buen contraste con su cabello. Su boca era pequeña, pero gruesa y cuando le sonreía a un cliente... quería que me viera a mí y a nadie más.

De hecho, quería acercarme y arrancarle la cabeza al tipo con el que estaba hablando. Dudaba que le estuviera pidiendo su número mientras ponía la tarjeta en la máquina para pagar.

Mierda, le convenía no hacerlo. No importaba. Pronto esas sonrisas serían todas para mí.

Me lamí los labios porque al verla en su camiseta del bar y vaqueros, no podía evitar notar sus curvas. Proporcionada, pero sin dudas podría poner una de sus tetas en la palma de mi mano. Fácilmente podría tomar su cintura con mis dos manos gigantes del tamaño de platos. Me gustaría...

—Guau, ey, —dije cuando estaba a punto de pasar a mi lado.

Me adelanté y tomé la bandeja de sus manos con una de las mías mientras pasaba mi brazo libre alrededor de su cintura y traía su cuerpo contra mí. Sí, muy pequeña. Pero suave. Cálida. Perfumada.

Ella se sorprendió cuando su trasero suave chocó contra mis muslos duros. Mis colmillos se alargaron y cada músculo de mi cuerpo tembló como un resorte a punto de saltar. Bajé la nariz hacia su cabello sedoso y respiré profundo.

En el cielo.

No había ninguna duda. Era mi pareja. La tenía en mis brazos. Podía ponerla sobre mi hombro. Sacarla de aquí a cuestas. Llevarla a mi cabaña, marcarla y quedármela por siempre.

Mía. *Mía.* MÍA.

—¡Ey! ¡Suéltame! —gritó.

Me llevó un momento darme cuenta de que luchaba por liberarse y que no alzaba la voz por un orgasmo sino por pánico. Por supuesto que entraría en pánico por un tipo rudo y violento como yo. Mierda, golpearía a cualquier idiota de aquí que le hiciera lo mismo.

Mierda. La solté de inmediato. Mientras giraba a verme, sentí el aroma de su enojo y de su miedo.

Entonces me di cuenta de algo más en su aroma. Algo que debería haber notado al principio: ella era humana.

Mi pareja era humana.

Maldita sea.

Eso la volvía aún más frágil. Más fácil de romper. Yo era enorme. Podía lastimarla. Dañar su perfección. Tenía que tener cuidado. Contenerme. Protegerla.

Mierda. Básicamente acababa de atacar a una humana que no sabía qué carajos me pasaba. Ella no podía reconocerme por aroma como una loba.

No entendía mi reclamo o por qué la había agarrado.

Probablemente pensaba que era un idiota delincuente que se sentía con el derecho de tocar a las meseras.

Pestañé y me di cuenta de que mis ojos probablemente habían cambiado de color y mostraban a mi lobo.

—Perdón. —Levanté mi mano libre frente a mí.

Su rostro, que se había vuelto pálido, ahora se sonrojó mientras su mirada recorrió el largo viaje hacia arriba y abajo por mi gran cuerpo. Sorprendiéndome mucho, no entró en pánico. Ni salió corriendo.

Gracias al cielo por eso.

Ella se paró allí y me miró y... ¿le gustó lo que vio? Mierda, eso esperaba. Nunca había dudado tanto de mí como en ese momento.

Ella movió una cadera, haciéndose la mala, pero su dedo temblaba cuando señaló la bandeja con cervezas en mi mano. Fuego. Me encantaba. Puede que fuera pequeña, pero no era débil.

—Devuélvela.

Mi mente se apresuró en buscar una excusa. Algo que explicara por qué la había tocado y tomado su bandeja. Era tan obvio, maldición. Tenía cero delicadeza. Había arruinado las cosas desde el primer segundo en el que la encontré.

—Lo siento, yo eh, pensé que eras alguien más. — Intenté no gruñir con mi voz porque era una mentira enorme. Sabía, por primera vez y con una absoluta certeza, que era exactamente la persona a la que había estado buscando toda la vida.

No, ¡maldición! Eso era una idiotez. Ahora pensaría que era un mentiroso. O que tenía novia. O que sólo molestaba a mujeres específicas.

Negué con la cabeza y recordé lo de *coqueteo y delicadeza*. Suspiré.

—No quise decir eso. Yo sólo, eh... ¿a decir verdad? —me pasé los dedos por el cabello, lo que mostró mi ansiedad— te vi y tenía que tenerte.

Eso. Eso era mejor. Hasta romántico. A las humanas les encantaba el romance.

Su cabeza se inclinó hacia atrás para mirarme a la cara; yo era así de alto para ella, no porque ella fuera pequeña, sino porque yo era gigante. Sus cejas se juntaron y sus hermosos ojos azules me miraron entrecerrados.

Bueno, el coqueteo no pareció funcionar.

Destino, quería tocarla otra vez. Necesitaba sacarla de este bar lleno de gente y estar a solas.

Sus labios pronunciados se juntaron en una línea fina.

—Acostúmbrate a la decepción, —me dijo de mala forma con la mano en la cadera. También era atrevida. Mierda, sí—. ¿La bandeja?

La bandeja. ¿Qué bandeja? Seguí su mirada hasta mi mano donde todavía sostenía la bandeja de cócteles. Oh, ¡mierda! Bueno, al menos no había tirado los tragos en mi locura por sentir su aroma en mi nariz.

—La llevaré por ti, —dije por encima del festejo de la multitud cuando empezó a sonar una canción popular. Me incliné hacia abajo para que pudiera escucharme porque ella no tenía unos malditos oídos de loba y audición asombrosa de cambiaformas—. ¿Adónde ibas?

Cuando se dio cuenta de que hablaba en serio, miró a Cody detrás del bar por encima de su hombro.

Mierda. Pensó que necesitaba ayuda. Para alejarse de *mí*.

De su pareja.

¿Cuánto más podría arruinar esto?

Me taladré el cerebro buscando algo que decir para arreglarlo. Lidiar con gente, cambiaformas o humanos, no era mi especialidad. No era alguien sociable. Era alguien de árboles. Una persona de la naturaleza. Un hombre de montaña.

Nunca podría haber sido el alfa de una manada de lobos como mi primo, Rob, sin importar lo que quisiera mi padre. Vivía en lo alto de la montaña sobre Cooper Valley y el resto de la manada por una razón. Lejos de la gente y de las situaciones vergonzosas como esta. También mantenía a la gente a salvo de mi imprudencia. Podía ser peligroso.

Intenté dar lo mejor por ser encantador, incluso probé sonreír.

—Te cambio la bandeja por tu nombre.

Ella puso los ojos en blanco como si esta fuera la tercera vez en la noche que había oído algo similar. Aunque no quería tener que probarme ante ella porque ya era mía, me gustaba saber que no dejaría que ningún tipo la molestara.

Cody se acercó hasta nosotros. Puso las manos en la superficie dura y brillante del bar y dijo,

—Gracias por traer esa madera cortada. Mi pila

para el fogón se estaba terminando. Yo... ¿qué sucede, Boone?

Gracias al cielo había encontrado a mi pareja aquí en el bar de un amigo cambiaformas y miembro de la manada en vez de una tienda en la que podrían tirarme latas de alimentos.

—Yo... —tuve que admitir que necesitaba ayuda. Quizá Cody me tiraría un salvavidas.

—¿Ahora trabajas aquí? —preguntó cuando me quedé sin palabras—. Si no es así, dale la bandeja. Tengo clientes sedientos, —me ordenó con una sonrisa. Me ayudó porque necesitaba que me dijeran que hacer con esto. Le ofrecí la bandeja a mi pareja y disfruté de que nuestros dedos se rozaran cuando la tomó.

Cuando giró y se fue rápido hacia la multitud sin siquiera mirar hacia atrás, lo que fue una mierda porque ni siquiera se inmutó por alejarse de su pareja, me preocupé por ella. No podía protegerla si no la veía en este zoológico. Pero Cody no dejaría que ella, ni ninguna otra mujer, trabajara aquí si pensara que estaba en algún tipo de peligro.

Así que me concentré en Cody en vez de ir a perseguirla. Me esforcé en que mi boca funcionara bien mientras apoyaba mis brazos sobre el bar y admitía,

—Ella es... mi...

—Pareja, —Cody terminó la frase por mí con

simpleza. Señaló uno de sus ojos y luego los míos—. Mierda, sí, tu lobo se está mostrando.

Él sonrió y bajé la cabeza entre mis hombros, pestañeé un par de veces e intenté sin éxito ponerle correa a mi lobo. Esa sería una tarea imposible en un futuro cercano.

—La necesito, —dije con voz rasposa cuando levanté de nuevo la mirada.

Me sentía realmente desesperado porque ella se alejara. Como si fuera a transformarme y destrozar el lugar si no la volvía a tener en mis brazos en los próximos diez segundos. Se me había acelerado el corazón; mi presión sanguínea debe haber estado por las nubes. Mis puños estaban tensos. Mi verga latía. Mi lobo acechaba y aullaba con frustración.

Estaba perdiendo la cordura.

Cody negó con la cabeza. Se estiró al otro lado del bar y puso una mano firmemente sobre mi hombro. Lo apretó. Me miró a los ojos de una forma seria.

—Eso es realmente malo, Boone. No puedes tenerla.

2

SUMMER

Mis rodillas temblaban mientras me movía entre la multitud para llevar las cervezas. Mis manos temblaban e intenté no derramar nada y hacer un desastre como si fuera mi primer día en el trabajo.

Dios, ese tipo era enorme. Sus manos eran del tamaño de guantes de béisbol y su brazo grueso y musculoso se sentía como si un cable de acero me envolviera. Olía a pino y a aire de montaña y gruñía como un oso. De hecho era tan grande como uno.

No me llamaría hermosa, pero los tipos coquetean conmigo todo el tiempo, sobre todo trabajando en lo de Cody. Quizás esperen tener suerte con alguien que piensan que es fácil... una mesera. Este tipo era diferente. Más. No sólo su tamaño, sino su presencia y su energía eran más grandes. Eso me hizo preguntarme de inmediato si era más grande *en todos lados.*

Estaba en parte excitada y aterrada porque, ¿por qué carajos mi mente estaba yendo a *eso*?

Dios, mis pezones estaban duros y rozaban contra mi sostén, lo que no tenía sentido.

¡No podía creer que me hubiera visto pasar y me hubiera tomado como si le perteneciera! Qué *descaro.* La arrogancia de estos tipos alfa.

Él era igual a Marty, actuaba como si las mujeres fueran un objeto que simplemente se adquiría. Algo coleccionable que no compartiría con nadie. Como si me tuviera. Me tomaría y me conservaría. Algo que poner en una repisa alta lejos de los demás.

Yo sólo te vi una vez y tuve que tenerte.

No es una gran frase para conquistar a alguien, amigo. Además de inmediato empecé a pensar en Marty porque había dicho algo parecido cuando nos conocimos por primera vez hace tantos años. En ese entonces había sido boba al creerle. Ahora era más inteligente.

Aunque en defensa de este tipo grande, probablemente no necesitara de frases para conquistar. Apuesto a que la mayoría de las mujeres miraban a ese leñador ardiente con barba y le mostraban las bragas, rendidas. Antes de Marty, podría haberme tentado porque cualquier mujer consciente pensaría que era capaz de derretir bragas.

Pero ahora sabía cómo podían ser los tipos celosos y posesivos. Pensaban que les pertenecías. Un objeto. Necesitaban controlarte. Ser tus *dueños*. Eran habilidosos en atraerte a su trampa, y una vez atrapada, se aseguraban de que perdieras a todos tus amigos y los recursos para defenderte cuando eventualmente se pusieran violentos.

Hacer *gaslighting* era su especialidad. Además de aislarte y separarte de tus seres queridos y de tus amigos. Hacerme dudar de mi misma con todo lo que decía, todo lo que hacía, y Dios, como ahora, de todo lo que pensaba.

¿Había hecho algo especial para atraer su atención? ¿Era mi culpa por ponerme...?

¡NO! Tenía que dejar de pensar así. No había hecho nada malo y él me había envuelto con su brazo.

Un escalofrío recorrió mi columna al imaginar a un tipo de *su* tamaño siendo violento. No podrías alejarte de eso. Estaría muerta, igual que lo habría estado si no me hubiera alejado de Marty cuando lo hice.

Llevé los tragos en mi bandeja y tomé otros pedidos, todo con una sonrisa falsa y temblorosa, mi corazón todavía latiendo fuerte en mi pecho.

Estaba segura aquí. Cody, el dueño, lo conocía. Lo llamó Boone.

Además, Natalie y Rand estaban aquí esta noche. Los había visto entre la multitud y los saludé, aunque terminaron en la sección de otra mesera. Tampoco dejarían que nada me sucediera. Sabía que *Rand* no lo permitiría.

Respiré hondo. Exhalé. Luego otra vez.

Estaba a salvo. Totalmente a salvo. *A salvo.*

Marty no estaba aquí. ¿Este tipo? Aunque no era Marty, no lo conocía para nada.

Mientras regresaba al bar, mi bandeja todavía llena de tragos vacíos que encontré en el camino, no pude evitar buscar al tipo grande, Boone. No porque me interesara. No porque tuviera miedo.

Sólo porque no podía dejar de pensar en él, en cómo sus grandes brazos habían sido cálidos y fuertes a mi alrededor. Cómo su voz estruendosa había mojado mis bragas; sí, era difícil admitir que me había atraído y que mi cuerpo le había respondido tan rápido. Que eso en sí mismo era una sorpresa porque había pensado que mi líbido había sido prácticamente destrozado por Marty. No había sentido nada de excitación en un largo tiempo y ahora... ¿de la nada por un señor leñador?

Le dije que me soltara y lo hizo. De inmediato. Incluso se disculpó.

Era diferente de Marty porque no había culpado sus acciones en si estaba vestida de forma atrevida y no podía evitarlo. Si mi lápiz labial era demasiado brillante o si parecía que había coqueteado con un cliente.

Ahora que me había calmado, pensado en que este tipo no era Marty, era bastante evidente físicamente porque Marty era quince centímetros más bajo y probablemente pesara unos cuarenta y cinco kilos menos, y me había recordado a mí misma que mi ex estaba en otra zona horaria, quería ver mejor su rostro. Porque lo que recordaba ameritaba una segunda mirada. Él era apuesto.

Allí. Mi corazón empezó a latir cuando busqué en el salón y lo volví a ver. Estaba parado en la estación de cócteles adonde iba a vaciar mi bandeja y darle a Cody los nuevos pedidos. Me preparé mientras me acercaba para otro intento de «seducirme» o lo que fuera que pensaba que estaba haciendo, pero no dijo nada.

Se mantuvo quieto, como una estatua, y me miró. Sentí sus ojos en mí, pero nada más.

Mientras hacía lo mío, juntando servilletas y sorbetes para los cócteles, fingiendo que no notaba al gigante apuesto de barba que estaba a mi lado, se me ocurrió que su quietud podría ser para calmarme. Como uno se movía lento alrededor de un caballo asustadizo. Que en vez de asustarme con su presencia, silenciosamente quería que supiera que estaba a salvo con él.

¿O estaba intentando atraerme con una sensación de seguridad?

También sabía lo que era eso. Bajas la guardia y entonces...

—¡Summer! —Mi jefe me pidió que me acercaba mientras mis manos se movían rápido, sirviéndoles tragos a los clientes de a tres en el bar. Su joven esposa, Riley, estaba sentada frente a él con amigos de su edad y parecía que la estaba pasando genial. Ella era unos años menor que él y no había duda de que Cody estaba flechado. Mientras atendía a los clientes, lo vi mirarla bastantes veces.

Le sonreí a ella mientras me acerqué y dejé el papel con los nuevos pedidos de tragos en el bar delante de Cody para que pudiera prepararlos.

—Lamento que Boone te asustara, —dijo mientras sacudía la coctelera y servía un Martini frío en un vaso, decorándolo con un palillo con una aceituna. Aunque la mayoría pedían cerveza o shots, de vez en cuando se preparaban tragos más elegantes. Sí sabía que él no preparaba nada con pequeñas sombrillas de trago. Reglas del bar.

—Vive arriba en la montaña y sus modales deben estar algo oxidados.

Miré rápido a Boone. En un mar de gente que se movía, hablaba, o reía a su alrededor, él parecía congelado en el tiempo. Como si lo hubieran dejado afuera en el invierno y se hubiera congelado. Donde podría estar helado, yo estaba acalorada al mirarlo. Era así de atractivo. ¿Una palabra? Robusto.

Su cabello estaba cortado a los lados y largo en la parte de arriba, y su barba, aunque tupida, igual de cuidada. Sus hombros tenían que ocupar toda una puerta, y su camisa de leñador se estiraba sobre esa expansión. Lo sabía porque llegaba a su pecho y miré uno de sus botones. Tenía unos vaqueros gastados y ajustados de una forma que Marty nunca podría llevarlos.

—Quiero que sepas que Boone es totalmente seguro, —agregó Colt, acercándose mientras apoyaba cuatro shots de tequila en mi bandeja—. Doy fe por él al cien por ciento.

Aunque estaba realmente ocupado, se detuvo, bajó el mentón y me miró. Me sostuvo la mirada. No vi una mentira allí. Nunca me había tratado mal, nunca me había mentido. Nunca me había llamado *cariño* o *corazón*. Nunca me había dado una razón para no confiar en él.

—Bueno.

Si él decía que Boone era seguro, entonces eso significaba que *Boone*, el inmenso gigante, era seguro. Algo cobró sentido dentro de mí. Como si el dique sólido de concreto que había puesto entre la parte de mí que se sintió instantáneamente atraída por Boone y la parte que dijo «de ninguna forma» a otro cretino dominante se hubiera roto. El calor se juntó entre mis piernas porque me atraía él. Porque Cody me dio luz verde.

No tenía idea de por qué me sentía atraída por un tipo que era tan grande y gruñón que podía romperme como una ramita. Marty no era de este tamaño, lejos de eso, y eso significaba que mis instintos eran terribles.

Pero... Cody era el dueño del bar. Veía a muchos tipos intentar meterse en las bragas de las chicas de cualquier forma posible. No era una chica ebria con ojos de cerveza que pensaba que Boone era ardiente. Su opinión no estaba afectada por el deseo. El único interés que alguna vez vi en su mirada estaba dirigido hacia Riley.

Miré rápido otra vez al hombre gigante. ¿Cómo sería estar con un espécimen tan viril de masculinidad? Era tan grande como un árbol. Podría *treparlo* como a un árbol.

Pensar eso me dejó los pezones aún más duros.

Habían pasado años desde que algo me excitara; había cerrado la parte sexual de mí misma por toda la mierda por la que me hizo pasar Marty. Algo acerca de Boone me hizo volver a la vida de nuevo. Como si abriera una canilla o prendiera un interruptor. Me hizo *sentir*.

Mi deseo pasó de apagado a ENCENDIDO. Mis bragas quedaron arruinadas.

Pero eso también se sentía peligroso. La necesidad instantánea daba miedo. Así había empezado con Marty. Él parecía encantador. Seguro. Capaz. Atractivo de una forma simple y para-nada-peligrosa. ¡Era policía! Debería haberme sentido lo más segura posible con él. Me atrajo y puso un anillo en mi dedo, y antes de saberlo, el Marty real salió a la luz y estaba atrapada con toda la fuerza policial apoyándolo a él.

Cody chocó sus nudillos sobre el bar.

—Si querías algo de él...

Mi mirada se alzó de golpe al escuchar esas palabras.

—...pero te sentiste nerviosa después de lo que pasaste, te aseguro que él seguiría cualquier regla que le dieras.

¿Cualquier regla que le diera?

Espera, *¿si quería algo?*

Me lamí los labios. ¿Cody estaba literalmente sugiriendo que tuviera algo de una noche o un amorío con Boone? ¿Que eso estaría bien, que estaría a salvo, y que... qué? ¿Yo pondría las reglas sobre lo que haríamos y cómo?

¿Quería algo? ¿Podía volver a sentirme así de nuevo? ¿Podría actuar sexualmente con una facilidad y diversión como veía que lo hacían muchas mujeres aquí esta noche? ¿Desear a un tipo? Ellas lo hacían.

Dios, eso hacía. Cody estaba explícitamente sugiriendo que *usara* a este tipo. Por *sexo*, asumí. O, supuse, podría usarlo para mover una pila de leña. Levantar un piano. Hacer fuerzas de brazos con un coche.

Parecía bastante capaz de cualquier cosa física que le pidiera.

¿Quería tener sexo con ese hombre grande y corpulento?

Su brazo alrededor de mi cintura había sido la primera vez que un hombre que no fuera Marty me había tocado. Mi padre no era de abrazar. Marty tampoco, pero me había tocado. Ah, lo había hecho.

La caricia de Boone había sido posesiva, y eso fue lo que me asustó, pero también se sintió... protectora. Diferente. Como si esos músculos grandes no fueran a ser usados en mi contra, sino para protegerme y cuidarme.

Mantenerme a salvo.

Me lamí los labios y lo consideré. ¿Podría dejar que un tipo como Boone me tocara? ¿Quería eso? ¿Sentir sus palmas callosas rozar contra mi piel? ¿La sensación suave de su bigote contra mis muslos internos? ¿Sentir el peso grueso de su verga mientras presionaba contra mí?

Me retorcí donde estaba parada al pensar esas

ideas tan atrevidas. De pronto el bar se sentía muy sofocante. Quería salir y tirarme en la nieve a hacer angelitos para enfriarme.

¿Deseaba a Boone? Miré al hombre en cuestión. Sí. Sí, así era.

La idea de Cody de que podría darme reglas a este hombre dominante aunque él fuera definitivamente el más grande de nosotros significaba que yo estaría a cargo.

Tomé las botellas de cerveza que necesitaba, les quité la tapa, las puse en mi bandeja y añadí el shot de whisky, vodka tonic y whisky amargo que Cody había preparado para mí.

Quería beberme ese shot yo misma. Necesitaba algo de coraje líquido. Podía hacerlo. Podía ser una mujer normal con necesidades. Necesidades que Boone podía complacer, sin lugar a dudas.

Cuando volví a salir de atrás del bar, me detuve frente a mi nuevo admirador que me había visto acercarme con sus ojos oscuros intensos. Ojos oscuros que no me habían dejado de mirar desde que llegué a la barra.

—Me llamo Summer —puse mi dedo justo en su rostro. Iba a hacerlo—. Primera regla: no tocas sin permiso.

3

BOONE

CLARO QUE SÍ.

Ella me dijo su nombre. Me dio una regla.

Como todos los transformistas, tengo una escucha extremadamente poderosa, pero el bar estaba lleno. Y ruidoso. Cody debe haberle dicho algo bueno de mí. Le debo un gran favor. Pero mierda, mi lobo casi se escapa y aúlla cuando me dijo que estaba casada.

¡Casada! Reclamada por otro humano con sus legalidades que no significan nada para los transformistas.

Dijo que ella estaba casada, pero que había presentado los papeles de divorcio. Que no había chances de que volviera con el tipo. Cody dijo que de hecho se estaba quedando con Rand y Natalie junto a Wolf

Ranch. Tuve que admitir que me calmó el que estuviera protegida bajo el techo de un miembro de la manada.

—Summer —salió como un gruñido, pero me encantaba tener su nombre en mi boca. Mierda, sonaba como un gran bruto en vez de un tipo con un título y una carrera de Wall Street en su haber.

El nombre de mi pareja era Summer, como la mejor estación del año en Montana. Era tan hermoso como ella.

Le ofrecí mi mano pero la dejé abierta en la barra en vez de estrechársela; seguía intentando mostrarle que era inofensivo, un verdadero desafío para un tipo de dos metros y cinco centímetros y ciento quince kilos.

Y esperé. Mientras estuviera frente a mí, podía esperar toda la noche.

Ella la miró por un momento y luego bajó la bandeja sobre el mostrador. No pude dejar de notar que su mano tembló cuando la puso sobre la mía. Sus ojos eran grises-azules, como el cielo antes de una tormenta, y algo sobre su contextura esbelta y su pecho firme me hizo pensar que había pasado por mucho.

Quizás el divorcio le había costado.

Mierda, esperaba que no tuviera el corazón roto. ¿Había amado a ese hombre? Idiota, se había casado con él, por supuesto que habían estado enamorados.

Pero igual me estaba mirando ciertamente con duda, pero también interés. Lo sabía. Mi lobo lo sabía. Podía *olerlo*. Esa dulzura de miel ahora era más fuerte.

Lo que sea que le sucediera, podía hacer que funcionara.

Tenía que hacerlo.

Ella era mía. La necesitaba para sobrevivir.

Mierda. Era inteligente. Realmente inteligente, pero igual si no sabía cómo conquistarla para poder reclamarla, perdería el control de mi lobo. Apenas le podía sostener la correa a mi lobo y sólo habían pasado unos minutos.

Pero esto era más que sólo sobrevivir. Que fuera mi pareja no era sólo una forma de evitar volverme lunático. La deseaba. Mi corazón *y* mi verga. Tenía que verla sonreír. Verla venirse sobre mi miembro. Estar a su lado y quitar del medio lo que fuera que la atormentaba. Si ella había sufrido, eso no volvería a suceder.

Su caricia gentil, palma con palma, hizo que el aire se cargara a nuestro alrededor como una noche acalorada antes de la tormenta. Cerré los dedos gentilmente alrededor de los suyos. Su mano parecía pequeña y delicada en mi gran palma callosa. Suave, cálida. Sus uñas no estaban pintadas ni eran largas, pero estaban limadas y limpias.

Me di cuenta de nuevo de que era humana. ¡Una maldita humana! Eso significaba que era un vidrio frágil. Rompible. Cuando se lastimaba, no se curaba de inmediato.

Eso hizo que mi lobo quisiera mostrar los dientes contra cualquier peligro que viniera por ella. Sentí la necesidad de mantenerla a salvo con más fuerza que nunca.

Me aclaré la garganta como si estuviera oxidada por el uso.

—No te volveré a tocar sin tu permiso, —prometí, sosteniendo su mirada. Me aseguré de que supiera que había escuchado su regla y que la seguiría.

Ella miró mi rostro como si intentara decidir si lo decía en serio, pero igual había puesto su palma en la mía.

Un pequeño paso, pero un maldito paso.

La mantuve totalmente quieta para que la observara y dejé que el bar lleno se desvaneciera. No escuchaba la música metálica ni las conversaciones a nuestro alrededor.

—Dime todas tus reglas.

Mierda. ¿Sueno demasiado brusco? ¿Demasiado mandón? Todo lo que salía de mi boca sonaba ronco, como el lobo hablara. Realmente no sabía cómo coquetear ni ser delicado. No había tenido que hacerlo para hacer tratos con los clientes, observar el mercado de valores, aprender tendencias y patrones económicos para convertir los millones de mis clientes en más millones en mucho tiempo.

Pero sería mejor que aprendiera rápido.

Ella pestañeó. Me miró fijo. No pensaba que tuviera otras reglas en mente todavía. Mierda, recién nos acabábamos de conocer. Quizá primero tendría que romperlas para que ella supiera cuáles eran.

Podía trabajar con eso.

Ella volvió a mirar hacia la multitud y levantó la mano, recogiendo su bandeja. Ya se estaba alejando cuando dijo unas palabras por encima del hombro,

—Espera aquí.

—No iré a ninguna parte, —juré. No sin mi pareja. Claro que no me iría de este lugar sin mi pareja.

Me acomodé en la banqueta libre donde estaba, siguiendo sus movimientos en el espejo por encima del bar. En algún momento, Cody dejó un vaso de agua con hielo frente a mí. Veinte minutos después, Summer regresó, trabajaba rápido para dejar los tragos y botellas terminadas de su bandeja.

La dejé trabajar. Mi lobo estaba impaciente, pero lo mantuve agarrado del cogote. No podía sólo tirarla encima de mi hombro y sacarla en medio de su turno. No podía cargarla y sacarla de aquí, punto, porque estaba seguro de que era una de sus reglas. Tenía que salir de aquí conmigo voluntariamente. Y, me recordé a mí mismo, eso conllevaría coqueteo y delicadeza. O al menos una sonrisa y algo que no la asustara.

Además, Cody se volvería loco si hiciera eso.

Ella volvió a llenar la bandeja de tragos nuevos que Cody había preparado y luego frenó frente a mí de nuevo. Sentado como estaba, nuestras miradas casi estaban a la misma altura.

—Regla número dos: tienes que aceptar un no como respuesta.

Mis ojos se abrieron y dudé. Mi lobo dijo de ninguna forma. Nunca dejaría de intentar tenerla.

Pero podía ver que esto era importante para ella. Tenía miedo de que no la respetara u honrara sus deseos y me hizo preguntarme quién no la había escuchado en el pasado.

Quién no se había detenido cuando dijo que no.

Incliné la cabeza, me acerqué un poco, para que pudiera escucharme.

—Prometo que tomaré un no como respuesta.

Incluso si me mata.

Y bien *podría* matarme si me dijera que no a estar juntos de ninguna manera.

Cody encendió un poco las luces para mostrar que era la última ronda y la energía en el salón se volvió aún más frenética mientras todos se apresuraban a pedir su último trago y encontrar su cita de esa noche.

Me mantuve en mi asiento mirando a mi pareja por el espejo durante todo esto, haciendo tiempo.

Treinta minutos después, Cody apagó la música y prendió las luces fluorescentes para comunicar que el bar había cerrado y que era hora de que todos se fueran. Los clientes entrecerraron los ojos con el brillo y se apresuraron a alejarse de la luz fuerte.

Me quedé en mi lugar al final de la barra hasta que se vació el lugar. Me sonaban los oídos por la calma repentina. Cody no me echaría y no me iría sin mi pareja. Su propia pareja se había ido antes de la última ronda; había visto que Cody la acompañó a su coche antes de volver a cerrar. Había vuelvo con una sonrisa en el rostro y sabía que no eran sólo los clientes los que tendrían suerte esta noche.

Sólo esperaba poder convencer a Summer de alguna forma de que la haría la mujer más afortunada en el maldito mundo si me lo permitía.

Después de que se fueron todos menos los empleados, me paré de mi lugar y ayudé a limpiar, recogiendo los vasos sucios con Summer y dejando las botellas vacías en el tacho de reciclados. Levanté y llevé todo el contenedor de reciclaje por la parte de atrás, y olvidé hacer que pareciera pesado. Podía permitirme mostrar más fuerza que la mayoría de los lobos por mi tamaño. Cuando regresé, Summer tenía una escoba grande y estaba barriendo el suelo.

Gentilmente se la saqué de las manos y esperé a que me mirara a los ojos.

—Lo tengo, Summer.

Quería tocarla. *Con desesperación.* Pero igual me tomé mi tiempo. Ella estaba trabajando. Entre antes la ayudara a terminar aquí, antes podría preguntarle si podía llevarla a su casa.

Trabajé rápido barriendo toda la basura del suelo, y mierda, ¡había mucha! Supongo que cuando las luces estaban bajas, la gente no pensaba dos veces sobre tirar su mierda por debajo. Cuando terminé, saqué dos tachos llenos de basura al contenedor de atrás, uno en cada mano, y volví para limpiarme en el baño.

Cuando regresé al área principal del bar, tenía las manos húmedas y allí estaba ella.

Frené un metro antes. La miré. Esperé. Esperé. Sentí su dulce aroma. *Realmente esperé.*

—Bueno, —dijo.

Fruncí el ceño.

—¿Bueno?

—Bueno, te doy permiso de tocarme.

Con una caricia gentil, la levanté para ponerla sobre la barra; era tan liviana, así estábamos a la misma altura. Puse mis manos sobre sus rodillas y las separé para pararme en el medio.

Sus ojos se abrieron grandes con sorpresa, no miedo.

Toqué su rostro, pasando mis pulgares callosos sobre sus mejillas de seda. Luego me incliné y la besé.

4

SUMMER

Guau. GUAU.

Nunca me habían besado así. Igual de respetuoso que salvaje. La boca de Boone era suave, pero su beso era potente. Respiré y su lengua encontró la mía. Se enredaron.

Lamidas exuberantes, una inclinación suave de mi cabeza donde me quería, nuestras bocas se juntaron. Dios, su lengua estaba empujando contra mi boca como imaginaba su verga en mi vagina.

Si podía besar mis labios así, me preguntaba qué podría hacer abajo con su cabeza entre mis muslos. Había escuchado de quemarse con una barba, pero

estaba sucediendo. Mi vagina se tensó por la anti-
cipación.

Crucé los tacones contra su trasero y lo acerqué
más. Sentí el calor que emanaba de él. Respiré su
aroma. A bosques y pinos y jabón limpio.

Sus manos se deslizaron hacia abajo por mi cuello, me
tocaron allí, luego hasta mis hombros, a mis brazos, como
si me aprendiera, todo el tiempo su boca sobre la mía.

La sorpresa inicial se había ido y la necesidad se
apoderó. Mis dedos se enredaron en su camisa leñadora suave y la apretaron, temiendo que me iría
flotando si no me sostenía. Temiendo que se detuviera.
Su cuerpo estaba duro. Musculoso. Robusto.

—Boone, —suspiré cuando besó mi mandíbula
hasta llegar justo detrás de mi oreja. Su barba era
suave contra mi piel.

Oh. Ese lugar me hizo temblar.

Incliné la cabeza, levanté la cadera de la barra para
frotarme contra él. Nunca antes había estado tan excitada en la vida. Ni en todos los años que estuve casada.
Ni nunca. Y Boone y yo teníamos la ropa puesta y...

Se aclaró una garganta. Luego otra vez.

No era yo. No era Boone.

No estábamos solos. ¡Oh por dios! ¡Qué vergüenza!

Grité y Boone se movió hacia atrás. Un centímetro.

—¿Tendrán sexo en mi barra?

Cody.

Maldita sea. Estaba besándome con alguien sobre la barra de mi jefe. *Encima de la barra.*

Sentí el pecho de Boone retumbar debajo de mis nudillos donde *todavía* lo estaba sosteniendo. Luego él se alejó, pero ignoró a Cody. Sus ojos encontraron los míos. Me sostuvo la mirada. Eran más claros de lo que recordaba, pero no menos intensos. Sus mejillas estaban sonrojadas bajo su barba, su labios rojos y mojados.

—¿Quieres que te haga venirte aquí o en tu casa? —me preguntó.

Ay, por favor. Aunque era una pregunta, el orgasmo era un dado. Sólo tenía que decidir adónde alcanzarlo. También significaba que no le importaban los estándares sanitarios de la barra del bar o si Cody miraba. Me deseaba así de mucho.

Me mordí el labio intentando no reírme y morir de vergüenza al mismo tiempo.

—Mi casa.

Cody, que parecía de alguna forma haber escuchado mi susurro, dijo

—Diviértanse, ustedes dos.

Diviértanse. *Diviértanse.*

Era todo en lo que podía pensar mientras conducía hasta mi pequeño departamento sobre el garaje de mi amiga Natalia, con Boone siguiéndome.

Sus luces eran constantes durante todo el trayecto, pero también el latido de mi clítoris y el palpitar de mis pezones.

El esposo de Natalie, Rand, era albañil y había diseñado y construido el edificio anexo del mismo estilo que había recreado la granja. Por lo que me había compartido Natalie, la casa original se había incendiado después de mudarse, provocado por un tipo al que no le gustaba la idea de que ella tuviera un albergue con desayuno, que había sido el plan original cuando heredó el lugar. Los dos edificios se conectaban por un pasillo vidriado y lo suficientemente lejos como para no sentir que me mudaba a invadir a dos recién casados.

Debajo de mi departamento, el garaje tenía cuatro lugares lo suficientemente grandes para sus vehículos personales y un camión viejo con una barredora en el frente para limpiar su larga entrada de la nieve constante de Montana. También tenían cuatriciclos y el camión de herramientas de Rand.

Mi espacio era una gran habitación con un baño, una cocina pequeña, un sofá y una cama. Las ventanas daban a la parte de atrás del rancho cubierto de nieve y me hacían preguntarme si el invierno terminaría en algún momento.

Escapando de mi matrimonio, había llegado aquí para quedarme con mi amiga, lejos de Los Ángeles, para volver a empezar. Para aprender quién era, qué quería.

Esta noche, lo que quería era Boone.

Se paró en la entrada de mi departamento con la gorra de invierno en la mano. Mirándome. Esperando.

Me desabroché mi gran abrigo de invierno, pero su voz, y las palabras, me dejaron las manos heladas.

—Déjame a mí, —dijo. Su voz era profunda y estruendosa, como un desprendimiento de rocas.

Dejé que mis manos cayeran a mis lados mientras él se agachaba a desabrocharme la chaqueta y quitármela de los hombros. La colgó en el gancho junto a la puerta.

Tragué saliva, preguntándome si había subido demasiado la temperatura. Me preguntaba si podía escuchar el latido de mi corazón.

Se arrodilló en una pierna con un golpe fuerte y ahora estábamos cara a cara, luego golpeó su muslo.

—Pon tu pie aquí, —me ordenó.

Puse mis manos sobre sus hombros para mantener el equilibrio e hice lo que me pidió. Sin romper el contacto visual, me quitó el zapato y bajó mi pie, luego cambió al otro.

Golpeó su gran muslo otra vez y yo incliné la cabeza.

—Siéntate.

Me tembló la boca y me senté, sintiendo los duros

músculos debajo de mis muslos. Tan cálidos. Tan grandes. Tan...

Ay, Dios.

Volvió a besarme, pero a diferencia del beso del bar que empezó lento, este fue ardiente desde el principio. Con la boca abierta, las lenguas enredadas. Como si hubiera estado pensando sólo en eso mientras conducía hasta aquí.

Luego se paró y me llevó con él al otro lado de la habitación hasta mi cama.

Podría haberme tirado en ella, pero no lo hizo. Me acostó con delicadeza como si fuera frágil; luego se elevó en su altura considerable.

—Permiso para desnudarte y hacértelo como lo necesitas.

BOONE

La boca de Summer se abrió y se cerró por mis palabras. Ella también se sonrojó en un tono rosa pálido, un rosa del que imaginaba sus pezones y vagina.

La trataría con un cuidado infinito, pero no era un tipo romántico. Mi boca se hizo agua cuando sentí su excitación ahora en el aire. Miel dulce. Ni bien dije *hacértelo como lo necesitas,* ella se empapó y sin dudas sus bragas quedaron arruinadas.

Se apoyó en sus codos. Su camiseta del bar, vaqueros y medias eran lo más lejano posible a la lencería sensual. Mierda, luciría hermosa con encaje o seda, sin dudas, pero la deseaba desnuda. Mi lobo también. Mi pareja no necesitaba nada para hacerla más atractiva.

Mi verga ya estaba chorreando líquido preseminal, y mis bolas dolían de ganas de hundirse en ella. Debía estar apretada. Lo sabía.

—Sí. Tienes permiso para hacer ambas.

Levantando un tobillo, comencé por las medias.

—Boone, —dijo. Levanté los ojos de mi tarea para ver los suyos—. Yo, eh... ha pasado un tiempo.

¿Pensó que eso me preocuparía?

Le saqué la media y dejé que cayera al piso.

—No te preocupes, hermosa.

—Tomo anticonceptivos.

Mis manos se quedaron quietas mientras me quitaba el cinturón; la miré.

—¿Eso significa que puedo hacerlo si nada? ¿Tengo permiso de venirme profundo en tu vagina?

No sabía que podía sonrojarse en un tono más lindo de rosa, pero así fue.

—Sí.

Mierda, sí. Con una mayor urgencia, me desabroché los vaqueros, busqué en el interior y saqué mi miembro. Tomé la base y la acaricié de la base a la punta, mientras ella miraba todo el tiempo con ojos más y más grandes.

—Hay que asegurarse de que estés bien lista para esto.

6

SUMMER

OH POR DIOS. *Oh por dios.*

Boone definitivamente era proporcionado. Su verga era impresionante. Mi vagina se apretó y chorreó con necesidad cuando quizá debería haber tenido miedo de si esa cosa iba a caber o partirme a la mitad.

Sólo había tenido sexo con Marty. Media un poco menos de un metro ochenta y era delgado. Su miembro había sido, ahora definitivamente lo sabía, pequeño. Comparado con el de Boone, sería como hacerlo con un dedo pequeño.

¿Boone iba a hacérmelo como lo necesitaba *con eso*? Era como un bate de béisbol. Una lata de soda. Cualquier cosa grande que uno se pueda imaginar para describirlo.

Gracias al cielo yo estaba muy, muy mojada y muy, muy emocionada. Curiosa también por descubrir lo que me había estado perdiendo. Y conseguirlo.

Se acarició una vez más y luego me quitó la otra media, tirándola también a un costado.

Mis vaqueros y bragas se habían ido antes de que pudiera pestañar y...

—¡Oh! —Grité cuando se arrodilló de nuevo, esta vez en la alfombra suave junto a mi cama. No perdió tiempo en pasar mis piernas por encima de sus hombros y poner su boca en mí.

Allí.

—¡Boone! —Grité, arqueando la espalda. Intenté alejarlo con los talones y él de inmediato levantó la cabeza.

No podía creer que iba a conversar con el tipo con su cabeza *entre mis muslos*. Ese cabello oscuro, esa barba, esa boca brillante, la *necesidad* que vi en su mirada.

—Permiso para comerte, —gruñó.

Esas palabras me mojaron más y respiró profundo, sus fosas nasales se abrieron. Era paciente, esperaba mi respuesta.

—Sí, pero yo nunca... —me mordí el labio sin querer admitir que Marty nunca, ni una vez, había bajado. Dijo que no le gustaba, que no le gustaba cómo sabía la vagina. Tampoco quería admitir que nunca me habían dado un orgasmo. Sólo me lo había dado a mí misma en la ducha cuando estaba a solas.

Los ojos de Boone se entrecerraron.

—Ahora lo has hecho.

Porque dije que sí, se puso a trabajar con un renovado propósito, como si fuera hacer de esta primera experiencia la mejor. Me lamió desde, *dios mío*, el ano, todo el camino hasta el clítoris.

Me levanté de la cama con la sensación que me provocó su lengua. Una mano enorme se apoyó en mi estómago y me mantuvo en mi lugar.

Luego se puso a trabajar. Por trabajar quiero decir que lamió mi clítoris y deslizó un dedo dentro de mí. Y lo sacó. Lo metió. Luego...

No tenía idea de lo que estaba haciendo ahí abajo, pero me hizo venirme a un ritmo del que debería enorgullecerse. En un momento estaba tirando de su cabello y arqueando la espalda, y luego grité su nombre y me tensé alrededor de su dedo con el orgasmo más poderoso e intenso de mi vida.

Jadeé e intenté recuperar el aliento, pero guau. Nunca me había venido tan fuerte o lo había hecho con algo dentro de mí.

No iba a quedarme pensando en lo malas que deben haber sido las cosas con Marty si *esta* era la realidad, y Boone ni siquiera había estado dentro de mí. ¡Todavía estaba vestido!

Yo estaba saciada y relajada y me sentía tan bien que estaba emocionada.

—Otro, —dijo.

Levanté la cabeza. —¿Otro?

Su barba estaba cubierta de mi excitación. Sus mejillas sonrojadas, su mandíbula apretada. Le gustaba esto.

—Otro dedo, —aclaró—. Otro orgasmo.

Cuando salió, procedió a deslizar dos dedos dentro de mí y luego a doblarlos para frotar algún lugar dentro de mí que era mágico y transformador; mi cabeza se relajó hacia atrás y me dejé ir.

7

BOONE

MIEL. Maldición. Sabía a miel pegajosa y dulce. Y se mojó para mí. Estaba en mi barba, encima de toda mi mano. En mi lengua.

Pronto también cubriría mi verga. Pero mi placer era secundario a darle placer a mi pareja. Aprender lo que la satisfacía.

¿Ella había empezado a decir que ningún hombre la había comido antes? Eso me hacía querer encontrar a ese prontamente-ex suyo y darle una lección de cómo tratar a una mujer.

Eso empezaba de rodillas. Adorando su cuerpo. Sabiendo que estaba excitada y necesitada, saciada y lista para tu verga. Entonces, sólo entonces, un tipo debería pensar en sí mismo.

Sólo cuando se vino otra vez le quité la camiseta y el sostén. Estaba sudada y saciada y acostada desnuda y perfecta cuando la desnudé.

La acomodé más arriba en la cama para que su cabeza se apoyara en la almohada y me puse sobre ella, abriendo sus rodillas y acomodándome entre sus muslos abiertos.

Incluso con dos orgasmos y con ser estirada por mis dedos, su vagina iba a estar tan cerrada. Me acomodé en su entrada resbaladiza, la miré a los ojos. Me hundí lento en ella.

—Mierda, Summer. Qué perfecta.

Mierda. *Mierda.* Ella se sentía tan bien. Caliente, mojada. Sus paredes se movían alrededor de la cabeza. No había entrado más que eso.

—Buena chica. Tómame, y te daré lo que necesitas.

Doblando su rodilla, levantó sus piernas para ponerla a mi lado y me hundí más profundo.

Oh, mierda, no iba a lograrlo. Iba a venirme sólo de meter la cabeza.

—Boone, —jadeó, sus manos en mis brazos, deslizándose hacia arriba y bajando por mis costados, sintiéndome.

Ella era tan pequeña debajo de mí; no podía besarla y hacérselo así sin romperme la espalda.

Nos di vuelta para que estuviera encima y ese movimiento la hizo caer encima de mí.

—¡BOONE! —volvió a gritar; sus paredes internas me apretaban intentando acomodarse.

Puse mi mano en su barriga y sentí la cabeza de mi verga dentro de ella. Descontrolándome, la besé, doblé las rodillas para que se sentara en el hueco de mi cuerpo. Protegida y empalada.

Con mis manos en su cadera, la levanté y la bajé, la ayudé a hacérselo a ella misma mientras nos besábamos. Sus rodillas apenas tocaban la cama a mis lados.

Rápidamente cedió ante el placer; sus ojos se cerraron y su cabeza cayó hacia atrás. Su cabello no era largo, pero me hacía cosquillas en mis muslos desnudos.

Esto estaba bien. Perfecto. Nunca había sentido nada parecido al puño cerrado y mojado de su vagina. Mi lobo estaba encantado de que tuviéramos a nuestra pareja donde la queríamos. Ya satisfecha y queriendo más. Desnuda y lista para mi marca.

Pero no era suficiente, así que nos volví a girar, busqué entre nosotros, froté su clítoris y la hice venirse otra vez.

Mientras gritaba mi nombre, se lo hice fuerte; el cabezal de la cama chocando contra la pared.

—Mía. Mía. Maldición, hermosa, —gruñí. El sudor

caía de mi frente. Mi mano apretaba las sábanas y rompía el algodón.

Otro empujón fuerte y se escuchó un crujido; la cama se rompió y caía de costado. No paré, no podía, mi lobo estaba justo en la superficie, muriendo por reclamarla.

Me había dado permiso de hacérselo sin protección, de llenarla de mi semen.

Me tomó todo el esfuerzo del mundo no marcarla mientras empujaba dentro de su vagina tan profundo y me venía, llenándola una y otra vez, cerrando la mandíbula para esconder mis colmillos extendidos.

Summer gritó y gimió de placer, se arqueó para recibirme. Su canal ajustado latió y se contrajo alrededor mío. Sus ojos estaban cerrados, su cabello rubio extendido en un halo a su alrededor.

Mi lobo estaba enojado de no haberla marcado, pero el resto de mí disfrutaba la maldita gloria de venirme dentro de ella. De complacer a mi pareja. De tenerla debajo de mí. De respirar su aroma mezclado con el olor de su excitación y mi semen.

Di un gruñido grave de aprobación. Mi verga seguía dura. No iba a bajar pronto.

Sus ojos se abrieron de golpe y luego sonrió.

Pestañé rápido al darme cuenta de que los ojos de mi lobo probablemente se veían.

Ella respiró profundo.

—¿Eres uno de ellos, verdad?

8

SUMMER

La sorpresa se reflejó en la expresión de Boone y se quedó completamente quieto.

Sus ojos *habían* cambiado de color como pensé. Hubiera jurado que eran café hace un momento, del mismo tono que su barba, pero ahora mismo, mientras se avecinaba saciado y grande encima de mí, brillaban en un tono verde claro. Verde efectivo. Y cuando dije que brillaban, tenían el mismo resplandor que los de un gato o perro en la oscuridad. Como si pudiera ver mejor en la oscuridad cuando uno no.

De a poco, Boone salió de adentro de mí, se sentó sobre sus talones. Guau, seguía enorme y duro, ahora cubierto de mi excitación. Algo de semen todavía se filtraba por la pequeña hendidura en la cabeza.

Hizo lo mismo que cuando se sentó en la barra, se mantuvo muy quieto, como si no quisiera asustarme. Sus ojos me sostuvieron la mirada.

—¿Qué quieres decir, bebé? —preguntó con voz baja.

De repente deseé no haber dicho nada. No quería que me mintiera sobre lo que era como lo había hecho Natalie. Cuando lo hizo, lastimó mis sentimientos. Rand era un hombre lobo. Lo sabía porque lo había visto durante la luna llena. Había mirado por la ventana de mi departamento sobre el garaje y visto un lobo enorme correr desde la puerta trasera y transformarse en un hombre totalmente desnudo que entró caminando a la casa. No cualquier hombre totalmente desnudo: Rand. Nunca antes lo había visto desnudo, ni volví a hacerlo, pero lo reconocí.

Esa había sido realmente una sorpresa.

No se suponía que supiera lo que era, evidentemente. De hecho, Natalie me mintió en la cara cuando le pregunté sobre eso la mañana siguiente, así que no insistí con el tema. Había sido un secreto importante para mi querida amiga, la que había sido tan generosa de dejar que me quedara en su espacio extra, para que sintiera que no podía contarme la verdad. Después del incidente de desnudo total, busqué pistas de que Rand era un hombre lobo.

Había muchas cuando se sabía el secreto.

Para empezar, el rancho junto a este se llamaba Wolf Ranch. Los hermanos que eran sus dueños, Rob, Colton y Boyd, tenían el apellido Wolf. Cada luna llena, al menos las pocas que había estado aquí, Natalie se iba a Wolf Ranch a pasarla en una gran casa con las chicas. También escuché lobos aullando en la montaña. No sólo era que Rand corría solo cuando no había luna llena, sino que parecía correr con *otros*. Había muchos cambiaformas por aquí.

Y luego estaba eso de los ojos que cambiaban de color. Había visto que los de Rand cambiaban cuando se calentaba con Natalie, sobre todo cerca de la luna llena. Una cosa era verlos coquetear o besarse un poco de más en la cocina, que él le tocara el trasero o le susurrara algo que la hacía sonrojarse, pero los ojos... ningún humano podía hacer lo que hacían los ojos de Rand. Luego me di cuenta de que los ojos de Cody hacían lo mismo cuando su esposa se acercaba al bar. Era como si no pudieran controlarse, como si su necesidad por sus mujeres fuera tan potente que *cambiaban*.

Ahora los de Boone estaban haciendo lo mismo. Por mí.

Tampoco podía dejar de notar que Cody y Rand eran realmente fuertes. También Boone lo era; lo vi levantar ese tacho enorme de basura lleno de botellas en el bar como si tuviera plumas, y era incluso más grande que cualquiera de sus amigos.

Por lo que notaba, estos cambiaformas no eran peligrosos. Rand y Cody eran lo más amables posible. No escuché nada sobre cuerpos encontrados después de la luna llena ni en ningún momento en Cooper Valley, aunque eso era llevar las cosas a un extremo en mi cabeza. No eran vampiros ni asesinos en serie. Eran cambiaformas.

Natalie no parecía tenerme miedo y no parecía temerle a su esposo ni a ninguno de los demás que conocí en Wolf Ranch. Sabía que ella no me habría invitado a mudarme para quedarme aquí hasta recuperarme si no fuera seguro. De hecho, me había prometido que Rand me protegería si Marty aparecía para intentar arrastrarme de regreso a LA.

Me estiré para acariciar la gruesa barba de Boone. Era tan suave... y había estado entre mis muslos justo como lo imaginé.

—¿Eres un hombre lobo? —Mi voz sonó áspera.

Él se acomodó en el espacio frente a mi hombro y dejó un beso allí.

—¿Qué sabes acerca de los hombres lobo? —Su voz era profunda y ronca.

Agh. No respondió mi pregunta. Realmente no quería que me hiciera gaslighting con esto.

Marty me lo había hecho cada día de nuestro matrimonio, diciéndome algo como que mi atuendo era demasiado promiscuo y luego cuando me enojaba por eso, se aferraba a esa reacción. Como si fuera mi culpa que él se enojara por ponerme algo que ni remotamente era inapropiado.

No podía soportar juegos mentales de ese estilo de otro hombre de nuevo. Prefería nunca estar en una relación que tener a un hombre que me humillara así un segundo más. Me había llevado años reconocer lo que había estado haciendo, lo fácil que caí, perdí a mi familia, a mis amigos. Mi confianza.

Ahora había regresado y no la volvería a perder. Jamás.

Lo miré a los ojos con algo de desafío.

—Sé que Natalie me mintió cuando le pregunté si Rand era uno.

En vez de cerrarse, su expresión se suavizó y se abrió. Sus labios se levantan un poco en las comisuras. Bajó la cabeza y... oh dios, pasó la lengua sobre mi pezón erecto.

—Eso es porque no se suponía que lo supieras, bebé. Es un secreto. Pero está bien ahora. Eres mía.

¿Suya?

Me quedé helada ante eso, aunque mi cuerpo parecía disfrutar la afirmación, mi vagina se tensó en respuesta. Era demasiado posesivo. Demasiado... absorbente.

—No soy tuya, —dije de inmediato y de forma determinante.

Su expresión se nubló y se apoyó a mi lado, inclinando un codo para apoyar la cabeza con la mano y siguiendo mi pezón con el dedo índice de la otra. Relajadamente. Lento. Como si no lo preocupara nada en el mundo. Como si no acabara de preguntarle si era un hombre lobo. Como si *él* no acabara de mostrar una *red flag* usando una palabra: mía.

Miré su dedo grueso mientras se movía sobre mi piel con fascinación. Era tan grande. Tanto como el pene de un hombre normal. Sabía lo que se sentía tener ese dígito dentro de mí. De hecho, sabía cómo era tener dos dentro de mí.

—Sé que todavía no finalizó tu divorcio, —me dijo encogiendo un poco su amplio hombro—. Cody me lo contó. No me importan las leyes humanas.

Leyes humanas. Guau.

Un poco de emoción recorrió todo mi cuerpo. Estaba confirmado. Él no era humano. Este hombre gigante y corpulento era algo más. Algo más fuerte. Más animal. Mucho más peligroso que un hombre normal. Mucho más peligroso que Marty, posiblemente. Y yo estaba en la cama con él. Una cama que se había roto porque él había sido tan... vigoroso. Mi vagina dolía, pero él no me había lastimado.

Pero igual debería tener miedo después de lo que había pasado con mi pronto-ex-esposo. Parte de mí de pronto estaba un poco nerviosa, pero sorprendentemente sobre todo estaba excitada.

Emocionada.

Feliz de que confiara lo suficiente para admitirlo. No había escondido lo que era. No había intentado darle vueltas al tema o cambiarlo rotundamente. No había intentado distraerme con otro orgasmo, pero el que jugara con mi pezón ciertamente me estaba excitando otra vez.

—¿Qué se supone que no sepa? —De nuevo, lo desafío un poco con mi voz. Lo reté a decírmelo porque en realidad no había dicho las palabras.

Sus labios volvieron a temblar y recordé cómo se sentían presionados contra mí. Más abajo también.

—No somos hombres lobo, al menos no nos llamamos así, —explicó—. Los hombres lobo son los monstruos del folklore. Nosotros somos otra especie: cambiaformas lobo.

Mi corazón latió un poco más rápido con su explicación. *Nosotros*. Estaba admitiendo que no era sólo él. Que había toda una manada de ellos, como lo sospechaba.

—No estés dolida con Natalie, —agregó—. Hay reglas estrictas en la manada sobre no dejar que los humanos sepan nuestro secreto. Entonces Natalie no era una cambiaformas. Ella no había guardado *ese* gran secreto todo el tiempo que fuimos amigas. Sin dudas lo supo cuando se mudó también a Cooper Valley.

Boone acomodó su gran mano callosa alrededor de mi seno y lo apretó.

—¿Cómo lo supiste?

Arqueé la espalda y presioné mi pequeño seno contra su palma. Bueno, estaba un poco distraída.

—Vi a Rand como lobo y luego transformarse para cambiar con la luna llena.

Su mano acarició mi lado y pasó sobre la curva de mi cadera; luego se metió debajo de mi trasero para apretarlo. Su mirada se levantó para encontrar la mía. Ya no estaba el tono verde.

—¿No tienes miedo?

Sostuve sus ojos ahora café con mi mirada.

—¿Debería tenerlo? ¿De ti? ¿De cualquier cambia-formas lobo?

Él negó con la cabeza.

—No, bebé. Ningún lobo te lastimará. Sobre todo yo. —Dejó besos por mis costillas debajo de mi pecho y subió por el costado. Dios, su delicadeza me excitaba porque no la esperaba de él. Alguien que acababa de romper mi cama estaba rozando mi piel con caricias ligeras como una pluma.

—Gracias por no mentir con esto, —dije en voz baja.

Se sintió como un alivio. Como si ahora estuviera en un círculo interno del que me habían excluido antes. Quizá sólo eran los problemas de la secundaria saliendo a la luz, pero odiaba que me excluyeran. A nadie le gustaba saber que todos conocían el secreto menos tú.

—Pregúntame lo que sea, bebé, —dijo—. Quiero explicártelo todo.

—¿En serio? ¿Sin secretos?

¿Sin hacerme sentir loca por preguntar en primer lugar?

Nop. Él *quería* que supiera.

—Sin secretos, —confirmó.

—¿Entonces te transformas en la luna llena? ¿Te sientes... em, obligado a hacerlo? ¿Eres peligroso cuando estás en forma de lobo?

Los ojos de Boone se achinaron como si le pareciera lindo.

—Podemos transformarnos en cualquier momento, pero la necesidad es mayor con la luna llena. No es obligatorio hacerlo si un cambiaformas tiene control sobre su lobo. Puede ser un problema para los lobos adolescentes o un cambiaformas que está afectado por el enojo o la lujuria. Parecido a que se me ponga dura la verga. Puede ser difícil mirando una escena de sexo en una película o al despertar por la mañana. Pero puedo controlarlo, ¿aunque alrededor tuyo? Mi verga siempre estará dura. *Eso* será difícil de controlar. —Él movió su cadera y sentí la gran difícil verdad detrás de esas palabras.

Con la palabra *lujuria*, sus ojos se volvieron verdes de nuevo.

¿La luna llena estaba cerca de nuevo?

Miré por la ventana. No. Una media luna.

—¿Por eso me tomaste hoy? —Pregunté mientras mi inseguridad volvía a aparecer pensando que quizá me había elegido para... sacarse las ganas inevitables cerca de la luna llena, como esa erección matutina.

Su mirada acarició mi rostro como si intentara memorizarlo. Cada centímetro de mí.

—Sí. Sentí tu aroma en esa multitud y de inmediato supe que eras mía.

Ahí estaba de nuevo, esa afirmación. *Mía.*

Empezaba a molestarme un poco. Me hacía sentir preocupada, como si hubiera tomado una decisión estúpida o me hubiera puesto en una mala situación.

—Lamento haberte asustado, —me dijo—. Al tomarte así. Sólo perdí el control por un momento hasta darme cuenta de que no eras una loba y no tenías idea qué me pasaba. A veces no reconozco mi propia fuerza. A veces... no importa.

Lógicamente sabía que lo que dijo no me tendría que haber ofendido, pero años de ser humillada por Marty de pronto me hicieron sentir inadecuada.

Yo no era una loba. No sabía qué estaba sucediendo.

Probablemente él quisiera una loba. Quería a alguien que lo entendiera. Que no le molestara que la tomara y la tocara un gigante. ¿Qué hombre querría mi tipo de inseguridades?

—Incómodo, ¿verdad? —Me hice la casual e intenté girarme para salir de la cama.

—Espera. —Boone pasó su brazo del tamaño de un tronco alrededor de mi cintura y me puso contra él de nuevo, igual que lo había hecho en el bar. Pero ahora estábamos desnudos. Ahora estábamos solos.

Me puse tensa. Algunas alarmas empezaban a sonar.

Primero, eso que repetía de que yo le pertenecía.

Eso estaba mal. Muy mal.

Marty me trató como un objeto que podía controlar, ¿y era eso también lo que quería Boone?

No me importaba lo talentoso que fuera su pene; no volvería nunca a eso.

Segundo, me sentía un poco lastimada por el

comentario de la loba, como si fuera imposible que yo alguna vez llegara a ser lo que realmente quería él. Podría teñirme el cabello, dejarlo largo, ponerme lentes de contacto, pero en definitiva no podría convertirme en una loba.

Y tercero, si intentaba alejarme de los brazos de Boone ahora, no podría. Era grande y fuerte. Sería físicamente imposible. No estaba lo suficientemente en forma y sabía lo poderoso que era él. No eran sólo palabras de las que tenía que protegerme, sino algo físico también ahora.

Me había maltratado físicamente un esposo celoso y posesivo por tanto tiempo que cualquier cosa que oliera parecido a posesividad me asustaba.

—¿Qué acaba de pasar, Summer? —La voz de Boone retumbó profundo. Me mantenía cautiva, pero se sentía más como un abrazo desde atrás.

A parte de mí le encantaba porque una mujer *normal*, no rota, desearía que un hombre/cambia-formas como Boone la sostuviera.

Otra parte de mí estaba entrando en pánico: la parte que me mantenía a salvo últimamente.

—¿Te ofendí, bebé? —se preguntó—. ¿Qué dije? Mierda, soy una idiota.

No, yo era una idiota. Por supuesto, no había querido lastimar mis sentimientos.

—Déjame ir, —murmuré, probándolo.

¿Cuánto tiempo seguiría mis reglas este tipo gigante? ¿Ya estaba ahora que lo habíamos hecho?

Los músculos de su brazo se aflojaron aunque no se alejó de mí.

—No quiero hacerlo. —Escucho el arrepentimiento en su voz—. Nunca.

—Estás... asustándome, —admití.

De inmediato me soltó y se sentó en la cama, probablemente sintiera que mis palabras temblaban junto a mi cuerpo.

—Mierda. Lo siento, Summer.

Me bajé por mi lado ahora caído de la cama e intenté cambiar de tema. Ver cuál fue el daño.

—Rompiste la cama.

—*Rompimos*. Rompimos la cama. —Sonrió—. Te haré una nueva. Una más resistente.

¿Me haría una cama? En serio.

—¿Eres carpintero?

Asintió.

—Mi hermano Roy es el verdadero carpintero. Yo más que nada soy leñador. Talo árboles. Tengo mi propio negocio. Mi otro hermano, Ace, tiene una granja de árboles de navidad en la montaña. No te preocupes, construiremos algo más robusto y la reemplazaremos.

Leñador. Por supuesto, era un leñador. Lucía como uno. Actuaba como uno por cómo se veía casi... salvaje en su naturaleza alrededor de la gente. Pero había algo en él, una conciencia que indicaba que era mucho más inteligente que un simple hombre de montaña. Era callado. Observador. Estudioso. Se guardaba las palabras para cuando eran importantes.

Me miró parada lejos de él, con los brazos en mi cintura. Su semen empezaba a caer por mis muslos, un recordatorio de lo que habíamos hecho. Eso podría lavarse en la ducha, pero lo sentiría, mi vagina estaría dolorida, por días.

—¿Quién te lastimó, Summer?

La pregunta me quitó el aliento. Me balanceé sobre mis pies, mareada por pararme muy rápido. O quizá por lo directo de la pregunta. Por cómo me golpeó de cerca porqué estaba asustada.

Boone también se levantó. Lento. Con cuidado. Se acercó a mí.

—¿Quién? —repitió.

Tragué saliva con dificultad, me lamí los labios.

—Mi esposo. No soy infiel, con lo de estar juntos. Él lo es. Estamos... separados y ni bien firme los papeles... si lo hace, entonces, estaré soltera. —Las palabras salieron de forma muy apresurada.

Sus puños se cerraron y luego se abrieron. Se relajaron.

—Lo sé, bebé. No pensé nada de esto sobre ti. Ni una vez. —Inclinó la cabeza, se acercó y gentilmente tomó una de mis manos. Su ceja se levantó—. ¿Él te lastimó?

Las lágrimas se apresuraron en llegar a mis ojos, y él supo la respuesta sin que dijera nada.

No había superado lo que pasó con Marty. Eso había acabado. Me fui y nunca regresaría. Pero me quemaba la vergüenza. De lo que me hizo estar con él por tanto tiempo. No quería nunca volver a ser esa persona. No quería que Boone me viera como esa persona. No me identificaba como la mujer que se pondría en una situación de violencia doméstica.

Pero lo era. Él lo vio.

Quería ser la joven y corajuda cantante de country que ganó mejor canción en la feria estatal hace seis años. La que todavía tenía toda la vida por delante. No la versión de esa joven mujer que terminó borrada y casada con un policía controlador que se puso violento hacia el final. No la tonta que dejó que su esposo la convenciera de renunciar a su trabajo para dedicarse tiempo completo a la música sin darse cuenta de que él le estaba quitando sus recursos uno por uno. Aislándola de sus amigos. Volviéndola débil y dependiente, así sería más difícil marcharse.

Pero lo era.

Boone, como si intentara no sobresaltar al caballo asustadizo, se acercó lento, tan lento, y me envolvió en sus brazos.

—Tranquila, —susurró—. Eso es. Mi buena chica.

Esta vez, cuando sentí la comodidad de su abrazo en vez de miedo, no me importó. Me encantó el fuerte abrazo de oso que me levantó del suelo.

—Lo mataré, —gruñó Boone, pasando de gentil a feroz. No conmigo, sino por mí—. Dame su nombre.

9

BOONE

MI LOBO GRUÑÓ, listo para eviscerar a su ex. Necesitaba matarlo. Summer me tenía miedo. ¡A mí! Después de lo que habíamos hecho, de cómo había confiado en mí con su cuerpo de una forma tan hermosa y ahora se estaba retrayendo; ¿por estos miedos enraizados que había causado otro? Era realmente evidente que alguien la había lastimado.

Claro, yo era muy grande, pero hace mucho había aprendido que debía ser cuidadoso. Que mi tamaño podía ser usado como arma. Mi padre había querido que desafiara a Rob Wolf como alfa después de que sus padres murieran en ese horrible accidente de coche. Él y yo peleamos por eso más de un mes. Con palabras y luego puños y luego una pelea con todas las letras. Gané, pero el costo fue una familia arruinada. Había desobedecido y luego casi matado a mi padre.

Por esa agresión, ese nivel de destrucción, había huido a la montaña y luego a la universidad, la única opción que conocía en ese entonces. Tenía dieciséis, demasiado inteligente para quedarme en la secundaria. Demasiado inteligente para no conseguir una beca en varias universidades Ivy League.

Había planeado rechazarlas, quedarme en Cooper Valley y abrir un negocio con mis hermanos. Pero en vez de eso, empaqué y me fui hacia la costa este. Entre más lejos de la manada, más seguros estarían de un monstruo como yo que golpeó a su propio padre.

Conocía mi fuerza y ahora sabía cuándo usarla. Con Summer, sería para acabar a su ex.

Nadie lastimaría a mi pareja y viviría para contarlo. No sabía qué había hecho, pero era suficiente que me tuviera miedo por él. Ella tenía mi semen cayendo por sus muslos. Lo vi. Lo olí. Pero todavía temblaba y no por los orgasmos.

—*No*. —Había firmeza en la voz de Summer e intentó alejarme.

Maldije por dentro. Ella me había hecho prometerle respetar su *no*. Una regla que sería un juramento difícil de mantener porque quería sangre.

Mi lobo también. Nuestro trabajo era protegerla y

quitarlo de este mundo le daría paz mental para seguir, saber que nadie la tocaría o le diría cosas de mierda para hacerla sentir algo menos que perfecta.

Ella no conocía la justicia de los cambiaformas.

La liberé aunque no quería, me pasé una mano por la barba, me lamí los labios y sentí su gusto dulce.

—¿No, no me darás su nombre o no, no puedo matarlo? —Busqué la forma de esquivar la regla.

Sus cejas se unieron en confusión, probablemente porque nunca nadie le había dicho que acabaría con alguien por ella.

—No. A ambas.

Mierda. Bueno, definitivamente buscaría al tipo y memorizaría su rostro para reconocerlo si alguna vez aparecía en Cooper Valley. Ella sólo me había dicho que no podía matar al idiota. Eso no quería decir que no lo fuera a mantener bien alejado de ella.

El alguacil de la ciudad, Levi, también era un cambiaformas lobo. Su trabajo tenía que ver con leyes humanas, pero también seguía la justicia de la manada y de los cambiaformas. Si no podía matar a su ex, entonces podría pedirle su ayuda.

Pero estaba siendo un pendejo. Cuidar a mi pareja ahora era más importante que cualquier venganza. Apenas. Levanté las manos pero esperé que su mirada dubitativa encontrara la mía.

—Bueno. Tú pones las reglas, bebé. Yo las sigo.

Estás a salvo conmigo. Lo seguiré repitiendo hasta que lo creas.

Para liberar mi agresión contenida, levanté la cama y le quité las tres patas que le quedaban, así estaría nivelada esta noche. Descansaba unos quince centímetros más abajo ahora, pero no giraríamos en el suelo.

Summer me miraba fijo con ojos grandes. Lo había hecho con una facilidad como si estuviera quitando ramitas.

Bueno, mierda. Eso probablemente no la ayudaría a sentirse más segura conmigo.

Miré de la cama a ella.

—¿Quieres ir a mi casa? —Le ofrecí, un poco tímido—. ¿En la montaña?

Ella negó levemente con la cabeza.

Señalé la cama.

—Perdón, ¿eso también te asustó?

Ella se frotó los labios.

—Em... un poco. Sí. Eres fuerte.

—Maldición. —Me froté la frente—. Soy tan malo en esto. ¿Cómo carajos podía volver a esa cama con mis brazos a su alrededor? —¿Tengo permiso para volver a levantarte y llevarte a esa cama para volver a lamer tu vagina?

Una pequeña sonrisa apareció en las comisuras de su boca y la tensión de sus hombros se relajó.

—¿Realmente te gusta hacer eso, eh?

—Mierda, sí, y estoy feliz de probarlo. —Sonreí y ella no dejó de notar cómo mi verga se endureció.

—Bueno. —Su voz era suave, pero sus mejillas estaban sonrojadas. Sí, le había gustado lo que hicimos y quería más.

Pasaría el resto de la noche con la cabeza entre sus muslos si la hacía feliz.

En un instante estaba sobre ella, levantándola para ponerla en mi cintura. Su aroma a miel se metió por mis fosas nasales, calmando a mi lobo alterado. Sentí nuestros fluidos combinados que cubrían su vagina y muslos mojar mis abdominales.

Márcala, insistió mi lobo.

Esta noche no. Lo contuve mientras la llevaba a la cama ahora baja y la acostaba con cuidado en el centro.

La puse de costado y acomodé mi gran cuerpo a su alrededor, de forma protectora.

—Estás a salvo, Summer, —murmuré en su oído y luego le mordí la oreja.

Su aroma me mareaba con deseo, pero mantuve a mi lobo con correa.

Dejando besos por la parte de atrás de su cuello, dije,

—Querré asesinar a cualquiera que te lastime, pero siempre estarás a salvo conmigo. Y siempre respetaré tu no. ¿Bueno?

Pensé sentir el aroma de sus lágrimas y me dejó un agujero en el medio del pecho.

—Está bien, —susurró.

Cerré los ojos e intenté calmar a mi lobo. Mi pareja estaba en mis brazos. No estaba lista para que la marcara, pero quería que lamiera su vagina. Era tan fácil de levantar y poner sobre mi cabeza, con sus rodillas junto a mis orejas.

—¿Boone?

—Ella miró hacia abajo un poco confundida.

Sonreí, sintiendo su aroma a miel de la fuente.

—Me dijiste que querías que lamiera tu vagina. Te sentarás en mi cara y me dejarás hacerlo.

Sus ojos se abrieron y ella se retorció, luego asintió.

—Esa es mi buena chica. —Enganché sus muslos y la bajé hasta mi boca. Me puse a trabajar. Este era mi trabajo ahora, satisfacer a mi mujer. El sonido de sus gritos de placer hizo eco en mis oídos mientras la hacía venirse una y otra vez hasta que no me tuviera el más mínimo miedo. Ella sabía que todo lo que podría darle era placer.

Mañana, la convencería de renunciar a su trabajo con Cody y venir a vivir conmigo en la montaña. Mañana le explicaría lo que significaba ser mi pareja.

10

SUMMER

La mañana siguiente estábamos en la cocina de Rand y Natalie. Aunque tenía mi propia cocina pequeña en el departamento, mi rutina era tomar café con ellos por la mañana.

Habían pasado dos años desde que se juntaron y pasaron la mayor parte de ese tiempo reconstruyendo la granja y poniéndola como querían. Por lo que me dijo Natalie, ella había heredado todo el rancho de un tío que no le había hecho renovaciones desde los 70. Había conocido a Rand cuando lo contrató para hacer unas reparaciones, pero luego todo el lugar se quemó en un incendio accidental y Rand tuvo que reconstruirlo desde el comienzo. Con esa remodelación, se mantuvieron en la sensación de granja vieja, pero con electrodomésticos modernos, mesadas blancas y brillantes y pisos de madera relucientes. Los gabinetes eran una mezcla de blanco y gris para acentuar la naturaleza de granja.

También tenían una cafetera muy moderna y muy elaborada. Yo estaba en la banqueta que daba al patio nevado y a las montañas, bebiendo mi mocha. Hasta tenía leche espumada. Natalie estaba en la mesa de la cocina y los chicos, Rand y Boone, inclinados contra la mesada.

—Lamento no decírtelo. —Natalie se estiró sobre la mesa de madera y tomó mi mano cuando me senté —. No era mi lugar contarlo y estaba protegiendo no sólo a Rand, sino a toda la manada. —Ella puso sus rizos rojizos de nuevo en una coleta y sus ojos café eran cálidos, pero mostraban que le preocupaba que la odiara.

Sonreí, con mi otra mano envolviendo mi taza. Tenía una calza, medias gruesas y un suéter con un cuello alto y ancho. Había nevado mientras Boone y yo dormíamos, un par de centímetros que hacían que todo afuera brillara.

—Lo entiendo. Supongo que algunos pensarían que estabas loca y que te internarían por decir que los cambiaformas lobo existían, y otros se lo contarían al mundo.

—Tú no lo harás. —Ella miró a Boone con una sonrisa traviesa—. No ahora que encontraste a tu pareja. Me alegra tanto por ti.

Fruncí el ceño.

—¿Pareja?

Rand dejó de apoyarse en la mesada y le dedicó a Boone una mirada de acero. Su cabello oscuro seguía mojado de la ducha, lo que destacaba sus ojos azules.

—Em, ¿ella no lo sabe?

Empezaba a sentirme insegura de nuevo. ¿No sabe qué?

—Lo sabe, —le dijo Boone a Rand.

Rand inclinó la cabeza.

—¿Seguro?

—Chicos, —dijo Natalie y luego me señaló—. *Ella* está justo aquí. ¿Por qué no se lo preguntan?

—Em, sí, estoy justo aquí, —repetí, lo que quería decir que Natalie también hablaba de mí como si no estuviera presente.

—Eres mi pareja, —dijo Boone casualmente y luego bebió su café.

Miré a cada uno de los tres.

—Em, ¿qué?

—Él es tu pareja, cariño, —dijo Natalie con voz

suave. Su rostro estaba encendido con satisfacción, ¿lo que quería decir que era algo bueno?

Natalie miró a Rand con nada más que amor en sus ojos.

—Rand es mi pareja.

—Lo que quiere decir, —dije estirando la palabra
—. ¿que es tu esposo?

—Lo es, pero el matrimonio, eso es algo humano. En papeles, legalmente, estamos casados. Pero es un cambiaformas, y a ellos no les importan esas cosas.

—Me importó que te importara, Colorada, —dijo Rand con gentileza—. Pero Nat tiene razón. Los cambiaformas no necesitan una licencia de matrimonio para estar juntos.

—Porque sentí tu aroma y mi lobo supo de inmediato que me pertenecías, —declaró Boone.

Me puse tensa. Una puerta se cerró de golpe en mi pecho. Apoyé la taza de un golpe y negué con la cabeza.

—No. No le volveré a *pertenecer* a nadie nunca más. Ya hice eso una vez, y... casi me perdí a mí misma.

Natalie volvió a tomar mi mano y la apretó.

—Lo sé, pero esto es diferente. Boone, en su modo gruñón, está diciendo que un cambiaformas huele a su pareja, aunque sea humana, y eso es suficiente para ellos. Saben que eres la indicada. No se necesita ninguna licencia de matrimonio ni boda.

—¿Entonces por eso repetías «mía» anoche?

Los labios de Natalie temblaron.

—No pareció molestarte cuando estábamos sentados...

Levanté la mano y sentí que mis mejillas se sonrojaban. ¿En serio iba a decirles a nuestros amigos mientras tomaban café que me había sentado en su cara y sostenido del cabezal roto mientras me hacía venirme?

Sí, parece que así era.

—Eres mía. Juntaremos tus cosas, nos iremos de aquí hacia la montaña a mi cabaña.

Me vuelvo a sentar.

—Em. ¿Qué? ¿Buscar mis cosas?

Boone asintió. Tenía puesta la ropa de anoche. Su cabello estaba un poco desarreglado por mis dedos y el sueño, pero igual lucía bien.

Asintió.

—Sí, empacaremos rápido.

—¿Quieres que *me mude contigo*? —Chillé.

Oh no. Claro que no. Esto no sucedería. Ni siquiera estaba divorciada. Me tomó tres años pensar en cómo alejarme de Marty. De ninguna forma me pondría de nuevo en esa situación.

—Eres mi pareja. Me perteneces.

—¿En la montaña? Pensé que la granja de Natalie estaba lejos, un par de kilómetros saliendo de un pueblo, ¿pero el bosque? —Mi coche no puede llegar allí, no con la nieve.

Él negó con la cabeza.

—Yo conduzco. No necesitas tu coche.

Es por esto que la gente no pasa la noche con desconocidos. Lo que parecía ardiente y sensual anoche no era lo mismo con la luz fuerte de la mañana. Boone era posesivo. Esperaba que me mudara a una maldita montaña para vivir con él. Que dejara mi cómodo y pequeño departamento por él. A un lugar al que ni siquiera podría conducir mi coche y dependería de que él me llevara.

Levanté la mano.

—No. No. Esto no sucederá.

Rand apoyó la mano en el brazo de Boone.

—Tienes que relajarte, amigo. La estás asustando.

Los ojos de Boone se abrieron. Claramente ni siquiera sabía qué había estado diciendo locuras y dando más *red flags* que alguien de la marina dando señales de semáforo.

—¿Cómo puede asustarla ser mi pareja? —Preguntó Boone, cabalmente confundido—. Bebé, te dije que nunca te lastimaría. Me perteneces y me ocuparé de ti. Tengo más dinero del que necesitaría en varias vidas. Ni siquiera tienes que seguir trabajando en lo de Cody.

Natalie puso los ojos en blanco y se quejó.

Me bajé de la silla para ponerme de pie y abandoné mi café.

—No, —dije claramente y le ofrecí la mano—. No quiero eso. No quiero renunciar a mi trabajo y vivir aislada en una montaña donde controles todos mis movimientos.

—Por supuesto que no quiere decirlo como suena, —dijo Natalie, haciendo de Suiza—. Terminará su café, te dará un beso de despedida y...

—¿Qué? —Preguntó Boone, interrumpiendo a Natalie.

Pero ella insistió.

—...te verá esta noche en el karaoke de Cody. He querido volver a escucharte cantar desde que te mudaste aquí.

—Pero...

—Vamos a limpiar la entrada. —Rand tomó los bíceps de Boone e intentó moverlo hacia la puerta trasera.

Me miré los pies, con miedo de ceder ante lo que fuera que dijera Boone si lo miraba a los ojos.

—Summer, eres mía, —repitió—. Mi pareja. No tengas miedo.

—Vamos, grandote, —dijo Rand. Con la puerta de atrás abierta, el aire frío entró en la habitación.

Boone no dijo nada más pero se fue con Rand.

Cuando la puerta se cerró detrás de ellos, Natalie dijo,

—Hombres. Son idiotas. Si no fueran buenos con sus penes, ¿los necesitaríamos?

Me giré a verla y luego empecé a reírme.

Ella también se rió.

11

BOONE

CAMINAMOS por la nieve fresca hacia el espacio más lejano de estacionamiento. Rand ingresó un código en la botonera y la puerta se deslizó hacia arriba.

—¿Sabes que tiene un ex idiota? —Preguntó Rand.

Nuestras respiraciones salían en nubes heladas. Era lo suficientemente grande como para no sentir el dolor del frío intenso, pero a mis ojos no les gustaba el brillo del sol en la nieve, así que entrecerraba los ojos.

—Sí. —Cody me contó que estuvo casada, que se estaba divorciando. Y creo que él la lastimó, —dije, recordando lo que ella había compartido conmigo la noche anterior. También que no bajaba a comerla.

—Sí, era controlador. De los controladores peligrosos. Le decía qué ponerse. La hizo dejar el trabajo. Sus amigos. La aisló.

Mis ojos se abrieron mientras lo seguía hacia el estacionamiento y a la camioneta que tenía la barredora en el frente. Se subió al asiento del conductor y yo del otro lado. Encendió el motor, salió del garaje, y luego bajó la barredora para empezar a limpiar la nieve.

—Recién ahora se está dando cuenta de lo mal que estuvo. Ahora que está a salvo.

—Mierda, no quiero hacer eso, —dije.

Él me miró por un momento.

—Lo sé, pero le dijiste, a una humana, una humana que tiene un ex controlador y pendejo, que era tuya, que te pertenecía, que la mudarías a una cabaña remota en las montañas adonde no podría llevar su coche y que renunciaría a su trabajo porque era tu pareja. Ah, y ustedes se conocieron hace menos de doce horas.

Mieeeeeerda.

Entendí lo que decía.

—Ser humana hace que para ella sea difícil entenderlo. —Suspiró mientras giraba en una curva de su entrada a mitad de camino del sendero.

Confía en mí, sé lo difícil que es que una humana entienda cómo es nuestra naturaleza. Deberías sentirte afortunado de que sepa lo que eres. Nat me vio transformarme cuando era un niño, así que ella también lo sabía, pero los demás... realmente les costó explicar qué carajos estaba pasando.

El aire en la camioneta estaba empezando a calentarse, pero apenas lo noté.

—Eso suena más difícil. No puedo imaginar lograr que Summer crea en lo que soy si no puede entender que «mía» no significa que quiero poseerla.

—Pero sí quieres, —me desafió Rand—. Nat es mía. Mi posesión. Mi *obsesión*. Lo importante es que ella sepa que eso es ponerla en un pedestal. Convertirla en lo más importante de tu vida. Que harías lo que fuera por ella.

—Lo haría, —juré, asintiendo.

Empujó la nieve directo hacia el camino de tierra y el terraplén que estaba más lejos; luego dio la media vuelta para regresar a su entrada de nuevo, limpiando el otro lado.

—Lo que incluye darle espacio, —agregó Rand—. Irte de aquí sin ella y verla esta noche en lo de Cody.

Apreté fuerte los puños sobre los muslos.

—¿Por qué carajos tendría que hacer eso?

—Tiene que tomar decisiones sobre su propia vida, —explicó.

Fruncí el ceño.

—Pero tengo que mantenerla a salvo.

Rand suspiró.

—La cuidaré. Cody lo hará en el trabajo. Está a salvo. Si su ex aparece...

Volteé la cabeza y miré a mi amigo y compañero de manada.

—Si su ex aparece, es hombre muerto. Levi puede ser el alguacil, pero yo impartiré la justicia de la manada.

Rand apretó la mandíbula.

—De acuerdo.

—Mira, sé que eres realmente inteligente. Esa inversión de la que me dijiste ha aumentado cuatro veces su valor. Pero una pareja es algo totalmente diferente. No hay un libro de texto. No hay lógica. No puedes usar tu cerebro en esto. Tienes que usar el corazón... y quizá tu verga. Por esta vez, deja que ella guíe.

12

SUMMER

—LE TENGO MIEDO, Nat, —dije. Había vuelto a la mesa y a mi café. Sería una pena echar a perder esa preciada cafeína.

Ella inclinó la cabeza.

—Cariño, puedo repetirte hasta ponerme azul que Boone nunca te lastimaría. Jamás. Si te olió, entonces eres su pareja y es algo de su biología hacer cualquier cosa que te haga sentir segura y feliz.

—¿Como lo hace Rand contigo?

Había visto cómo la trataba y me daba envidia. Fue lo primero que me hizo darme cuenta de lo horrible que era Marty. ¿Boone sería así conmigo?

Ella asintió.

—Sí, como es Rand conmigo. Admitiré que, al principio, era un poco... abrumador. Cuando lo dan todo por su pareja, lo dan *todo*.

Eso sonaba demasiado familiar.

—¿Tenías miedo?

Ella me sonrió con paciencia.

—No. Sorprendida, quizá, pero Rand no ha sido más que dulce. Gruñón, claro está, pero amable. Me siento a salvo con él y todos los hombres de la manada.

—Él... Boone, no parece saber qué decir. Como si todo lo que saliera de su boca me asustara.

—Boone es alguien interesante. ¿Sabes que fue a la universidad en Nueva York? Tiene una maestría. Vivió y trabajó allí años.

Mis ojos se abrieron. No pensé que fuera tonto, pero parecía... absorto en mí.

—¿Los cambiaformas viven así en ciudades grandes? —Me pregunté.

Natalie se encogió de hombros.

—Quizás algunos, pero son animales de manada y les encanta correr en la luna llena. Es bastante difícil hacerlo en una ciudad enorme como esa.

Fruncí el ceño y observé la linda estampa de mi taza que Natalie me dijo había sido hecha por su amiga Joy.

—¿Entonces por qué iría allí?

Ella bebió su café.

—Esto fue antes de que lo conociera, pero Rand me dijo que cuando murió el último alfa, Boone era un posible reemplazo porque era su sobrino, el del alfa. Rob Wolf y Boone son primos hermanos. El padre de Boone, el hermano del alfa viejo, quería que él desafiara a Rob por el puesto. Discutieron. Boone y su papá, quiero decir. Incluso pelearon. Su papá salió herido por la confrontación y Boone se fue a la Universidad de Columbia.

Guau, eso no sonaba al Boone que conocía.

—¿Cuántos años tenía?

Ella bebió un sorbo de su café.

—Dieciséis, creo. Boone y Rob tienen más o menos la misma edad.

Mis ojos se abrieron.

—¿Fue a la universidad a los dieciséis?

Ella asintió y sonrió.

—Sí. Es *así* de inteligente. Consiguió un elegante trabajo de Wall Street con el dinero de los ricos. ¿Puedes imaginarlo de traje?

No podía. Claro, habrían sido hechos a medida. Sin importar lo atractivo que pueda haberse visto, me gustaba de camisa escocesa. O desnudo.

—¿Entonces por qué regresó?

Natalie se encogió de hombros.

—No estoy segura. Algo malo debe haber pasado porque básicamente se ha aislado en la montaña desde entonces. Lo que, volviendo a ti, lleva al porqué está actuando extraño. Nunca antes tuvo pareja.

—¿Como sin ex parejas?

Ella negó con la cabeza.

—Sólo puedes tener una. Algunos se conforman con relaciones con otro cambiaformas si se rinden en la búsqueda de su pareja, pero no. Nunca estuvo así con nadie más. Quizá puedas tenerle algo de paciencia. Puede que parezca tan grande y fuerte y valiente, pero tiene sus propios problemas del pasado. Creo que muchos.

Fruncí el ceño y de pronto vi a Boone como algo más que un tipo gigante. Era fuerte pero tenía preocupaciones y sentimientos y dudas como todos los demás.

—No te culpo por tener miedo, sobre todo después de lo que hizo Marty, pero ese era Marty. No puedes atribuirle ese comportamiento a cualquier tipo que conozcas. Sobre todo a Boone porque su naturaleza gruñona no cambiará. Sólo necesitas algo de tiempo para empezar a confiar en él.

Me mordí el labio.

—Nosotros, em... tuvimos sexo.

Ella sonrió.

—Me di cuenta cuando vino a tomar café contigo. ¿Y? —Ella movió las cejas.

—Y estuvo increíble. —Le sonreí, sonrojándome al

recordar lo ardiente que había sido. Nunca imaginé que podría ser así. Lo que tenía con Marty, mi propio esposo, por años, no se comparaba con una noche con Boone—. Así que sí, confié lo suficiente en él como para traerlo a casa.

—Es un comienzo, —respondió—. Un buen comienzo. Sólo dale una oportunidad. Pero sí me gusta que te pongas firme. No dejes que ningún tipo, cambiaformas o no, te pase por encima.

Resoplé.

—Lo sé. Ahora.

—Bien. ¿Tienes pensado qué ponerte para el karaoke esta noche? —me preguntó, cambiando de tema.

Cody hacía un karaoke una vez por mes. Natalie sabía que me encanta cantar y me había anotado con Cody hace semanas para estar en la lista. Hasta les dijo a las otras chicas, Audrey, su hermana Marina, y las otras cuyos hombres eran parte de Wolf Ranch, que vinieran a ver. Quizá también a participar. Era la primera vez que cantaría fuera de la ducha desde que me mudé aquí.

No, desde la última vez que canté cuando Marty hizo un escándalo por unos tipos que me silbaban mientras estaba en el escenario con una minifalda. Me había sacado de allí y gritado todo el camino a casa. Me dijo que no podía volver a cantar en público, aunque él se había ofrecido a apoyarme hasta que mi carrera musical despegara.

—Em, no creo tener que ponerme nada especial que ponerme para el karaoke, —respondí, pensando que quizá fueran vaqueros y un suéter grueso de cuello alto.

Sus ojos se abrieron.

—¿No para el karaoke pero para tu gran noche? Definitivamente. —Levantó el mentón—. Los chicos están barriendo la entrada. Cuando esté despejada, iremos de compras a la ciudad y te encontraremos algo para que te sientas como la estrella de la música que sé que eres. Además, queremos volarle el sombrero a Boone, ¿verdad?

No pude evitar sonreír.

—Sí. A ambos.

Ella aplaudió.

—Oh, no puedo esperar a ver su rostro cuando te escuche cantar. Ese hombre caerá como un árbol en el bosque. Fuerte y rápido. Cariño, espero que tengas muchas bragas porque las romperá todas.

El calor inundó mi cuerpo. Ay, Dios. Y, sí, por favor.

13

BOONE

Llegué y estacioné la camioneta en lo de Cody después del maldito día más largo de mi vida.

Estar lejos de mi pareja no marcada enloquecía a mi lobo. Por eso había tenido que transformarme y correr con tanta desesperación que había conducido de regreso a la montaña y dejado salir a mi lobo.

Aunque eso no hizo mucho para aliviar la presión dentro de mí, por lo que tuve que tomar mi hacha y cortar una pila de leña de árboles que había talado y llevado para cargar en la parte de atrás de mi camioneta para luego traerlas a la tienda en Cooper Valley.

Ahora que finalmente era de tarde, la madera había sido descargada y vendida. Podría volver a ver a

Summer, según las reglas que me había impuesto Rand.

Me había dicho que hoy tenía que darle espacio. Que esperara al karaoke de esta noche para verla en lo de Cody otra vez.

Hice eso. Ahora finalmente podía posar mis ojos en Summer. Sentir su aroma.

Esta noche no estaba trabajando, lo que significaba que podía robármela después, si me dejaba.

Pero no tenía idea de si estaría de acuerdo con que estuviéramos juntos dos noches seguidas.

El hecho de que Rand pensara que era necesario arrastrarme para alejarme de ella esta mañana era prueba de que no sabía qué hacía con ella.

Se sentía atraída por mí. Lo sabía por cómo me miraba. La forma en la que su aroma cambiaba cuando la tocaba. Sabía que la complacía sexualmente. Pero había tenido algunos traumas y Rand dijo que estaba siendo demasiado intenso. Cody también había dicho eso. Me aconsejó que la dejara tomar la iniciativa.

Podía hacer ecuaciones en mi cabeza. Podía argumentar sobre la ética de la ingeniería genética. Podía calcular el PBI de múltiples países extranjeros y los impactos que tenía sobre las fluctuaciones de la bolsa.

Pero no podía actuar bien con Summer. Saber cómo comportarme y hablar para no asustarla. Me sentía... como un idiota.

—¡Mierda! —Grité dentro de los confines de mi camioneta. Era cambiaformas. Uno gigante. Cuando mi lobo finalmente olió a su pareja, tenía que seguir todos mis instintos para conservarla. No era algo mental; era biológico.

Tenía que ahogar a mi lobo. Tenía que pensar cómo ser «relajado» con ella, como diría mi hermano.

Salí de la camioneta y miré el estacionamiento buscando el Subaru viejo de Summer. No me gustaba que condujera esa cosa. Tenía más de quince años y no seguía las últimas medidas de seguridad que mantenían a los humanos protegidos en un accidente. Al menos era un buen coche para todos los climas y probablemente bastante confiable, pero la pondría en algo más nuevo. Una todoterreno quizá, así tendría lugar para llevar a nuestros futuros cachorros y pasar los caminos de montaña con facilidad.

¿Querría cachorros? ¿Y yo? Ella dijo que tomaba anticonceptivos, pero ver mi semen chorreando desde su vagina me hizo pensar en que tomaría algo de tiempo embarazarla.

Maldición, en este momento no me importaba si quería cachorros o no. Sólo la quería a ella y practicar seguramente sería divertido. Pensaríamos en el resto juntos, si tan sólo podía lograr que estuviéramos *juntos*.

Nunca había querido tanto algo en la vida.

Hasta ahora no era el tipo que necesitara gente.

Después de tanto tiempo en Nueva York, prefería una vida solitaria en los bosques. Rara vez asistía a reuniones de la manada. Ocasionalmente salía con mis hermanos. Me resignaba a la gran probabilidad de morir solo en mi cabaña, lo que, hasta anoche, no había sido algo malo.

Ahora Summer lo había cambiado todo.

Me volvería lunático y tendrían que dormirme si eventualmente no la marcaba. Pero más allá de eso, de pronto quería mucho más para mi vida.

Hoy había mirado mi cabaña intentando verla a través de sus ojos y me había dado cuenta de que era un hombre demasiado simple. Era una habitación con un altillo y un baño. La había construido con los troncos que talé. Los muebles los había hecho mi hermano. Estaba lleno de libros. Sin TV. No había encaje ni seda ni nada más suave que un acolchado. No tenía nada de interés para una pareja joven y vibrante. Sin dudas Summer se sentiría aburrida o aislada. Pensaría que su vida estaba *siendo difícil*. Eso no serviría. Era hora de hacer algunos cambios.

Aunque mi lobo sabía que Summer nos pertenecía, no servía de nada si no era digno de ella. Quizá por eso Rand y Natalie intentaban decirme algo.

Tenía muchísimo dinero. Tenía un hogar. Podía ocuparme de Summer.

¿Pero podía hacerla feliz? Era hora de usar ese

dinero en hacer cambios para que la cabaña fuera más que un refugio. Para que fuera un hogar para ambos.

Conocer a Summer me hizo darme cuenta de que había estado demasiado aislado. Definitivamente tenía que salir más. Reconectarme con la manada en vez de evitar las reuniones sociales. Encontrar una actividad recreativa, además de leer libros sobre bloqueos militares de la guerra de 1812 y la entomología del escarabajo barrenador, talar madera y construir cabañas con troncos.

Me metí la camisa limpia de leñador en los vaqueros y subí los escalones de madera hacia el salón de Cody. Era domingo, así que las cosas iban mucho más lentas que anoche. Cuando entré, noté que sólo había un par de los que venían siempre. Un tipo estaba en el escenario, cantando «Friends in Low Places» fuera de tono mientras el resto de la audiencia lo seguía.

Cuando sentí a mi pareja, vi a Summer sentada cerca del frente con Natalie, Rand y la pareja de Cody, cuyo nombre había olvidado. Algunos otros miembros de la manada también estaban con sus parejas, Rob y Willow, Johny y su nueva pareja, cuyo nombre también había olvidado. Maldición, tenía que mejorar mi conexión con la manada. Estas mujeres eran humanas y serían buenas amigas para Summer.

Summer me miró, como si instintivamente supiera

que había llegado, y mi respiración se frenó en mi pecho. Había algo relajado en su rostro que no estaba allí la última vez.

¿Era por mí?

Destino, apenas me atrevía a esperarlo.

Quizás era sólo por una buena noche de sexo y, en ese caso, lo tomaría. Tenía todas las intenciones de asegurarme de que mi pareja estuviera satisfecha en la cama.

Caminé directo hacia ella, pasando junto a otras mesas y clientes, planeando pedirle permiso para tocarla otra vez, pero ella se paró y ya venía corriendo hacia mí.

Corriendo.

Y maldición, lucía bien. Tenía un par de pantalones cortos de denim por encima de medias de red ajustadas, botas negras de vaquera y un suéter corto y peludo de color turquesa.

Maldita sea. Lucía tan bien que la comería.

Y *definitivamente* planeaba darme un festín.

Dejé de moverme, hipnotizado. Una sonrisa apareció en mis labios. Parte de mí quería mirar hacia atrás para asegurarme de que no corriera hacia alguien más. Pero no, me estaba mirando directo.

Abrí bien los brazos y esperé.

Ella saltó con fuerza y se arrojó contra mí; sus piernas envolvieron mi cintura.

Pasé un antebrazo debajo de su trasero y giré, respirando su aroma a miel. Mierda, sí. Esto es lo que había estado esperando todo el día. No quería bajarla. De hecho, quería girar e irme del bar.

—Oh, bebé. Esa fue la mejor bienvenida que un tipo podría tener. —Seguí girando—. ¿Cómo te volviste tan tierna, maldición?

Ella levantó el mentón para que nos miráramos.

—¿Me extrañaste? —dijo alegre.

Definitivamente estaba más relajada y feliz que anoche. Incluso más relajada y feliz que esta mañana, después de los orgasmos. Y *realmente* estaba feliz de verme.

Quizá la ausencia *sí* aumentaba el cariño, como se decía. *Aquellos* que lo dijeran claramente no eran cambiaformas.

Pensé que un día separados sólo me pondría caliente, llegando cerca de la locura, pero para ella debe haber sido diferente. Excepto que *corrió* hacia mí. Nadie lo haría a menos que realmente quisieran a la persona. Si me odiaba, como había pensado, habría salido corriendo por el pasillo de atrás hacia la salida de emergencia.

—Te extrañé tanto que me puse un poco loco, y no exagero, —dije, acomodándome en su cuello.

Se rió, me sonrió y me obligué a devolverle la

sonrisa cuando me di cuenta de que pensó que era una broma.

Claro.

Se suponía que le diera espacio.

No que la sofocara.

Definitivamente no que actuara como si no pudiera pasar una tarde sin ella. Quizá era en serio que estaba loco.

—Sólo bromeo, —agregué—. Sip. Hipérbole.

—Oh, Boone, —susurró, y me calmó que dijera mi nombre.

La llevé de regreso con el grupo y pateaba sus pies contra mi espalda con alegría.

—¿Permiso de seguir sosteniéndote así toda la noche? —Le pregunté.

Ella se rió y empujó mis hombros; yo la bajé sin querer hacerlo para que sus pies tocaran el suelo, pero seguía manteniendo contacto con una mano en su cadera.

—¿Todos conocen a Boone? —Ella me presentó al grupo que estaba en las mesas cerca del escenario. Anoche, el espacio había estado destinado al baile. Esta noche, el lugar tenía una vibra más relajada.

—Boone, qué bueno verte. —Rob se paró y me dio una palmada en la espalda, luego se giró hacia el grupo—. Él es mi primo. Él y sus hermanos son más como osos porque pasan más de medio año escondidos en la montaña, hibernando.

Mierda. Mi alfa me dejó en evidencia, pero como era franco, simplemente lo sentí como honesto.

Era verdad y la manada siempre me molestaba por eso, pero frente a Summer de repente se sentía como un defecto que ya debería haber solucionado. Pero había pensado que todos estarían más seguros si me mantenía alejado. Incluido Rob Wolf. Él sabía todo acerca del gran interés de mi padre en que me volviera alfa en vez de él. De cómo casi lo maté en mi ira. En vez de que el Consejo de cambiaformas me investigara, me fui a la universidad y me mantuve alejado.

Ahora que había vuelto, parecía que Rob no me resentía. Sonaba a que pensaba que mi aislamiento era algo malo, pero lo había hecho por él. Por todos en la manada. Pero ahora que tenía a Summer...

Me froté la nuca, sintiendo que el defecto era un impedimento evidente para *conquistar* a mi pareja.

Ella debe haber visto mi cara de recelo porque me envolvió con los brazos desde el costado y apretó. Mierda, eso se sintió bien.

—Me encanta un gran hombre corpulento de montaña, —declaró ante todo el grupo, a quienes probablemente les dijeron que era mi pareja.

Mi corazón, y verga, parecieron hincharse y crecer con calor.

A ella le encantaba un gran hombre corpulento de montaña.

Ese era yo. YO.

Probablemente sólo intentara hacerme sentir mejor, pero memoricé las palabras.

El tipo que cantaba en el escenario terminó con una ronda de aplausos y el presentador tomó el micrófono.

—¡La próxima es Summer! Summer, ¿qué cantarás, muñeca?

14

SUMMER

BOONE SE PUSO tenso cuando el presentador me dijo *muñeca*, y yo también por una razón completamente diferente, mi estómago se retorcía. Parecía que me habían entrenado para evitar conflictos después de todos los caprichos de Marty porque si él hubiera estado a mi lado y el tipo me decía eso, habría perdido la cabeza.

Habría pensado que yo coqueteé con él, quizás hasta que lo habíamos hecho para asegurarme un lugar en la lista de karaoke. Habría pensado que mi atuendo era de prostituta. Habría pensado... todo tipo de cosas ridículas que me habrían dejado con una baja autoestima.

Miré a Boone para verlo mirar mal al presentador. Sentí que sus dedos apretaban mi cintura.

Oh Dios. Estaba mirando al presentador igual que Marty lo hubiera mirado. Me sentí un poco intranquila. No podía hacer esto otra vez. Tragué saliva con dificultad; mi boca estaba seca de repente.

Luego la mirada oscura de Boone se posó en mí y sus cejas se bajaron con preocupación.

—¿Estás bien, bebé?

—¿No estás... no estás enojado de que voy a cantar? ¿De que tengo puesto esto?

Era su turno de fruncir el ceño como si contemplara cada centímetro de mí.

—¿Enojado? Claro que no. No puedo esperar a escuchar a mi chica cantando. ¿Y ese atuendo? Dios, bebé, lo que me provocas.

¿No puede esperar...? Él... no estaba enfadado conmigo. Respiré profundo y exhalé. Bueno.

Pero era del tipo celoso posesivo. ¿Luego me culparía, como lo hizo Marty, porque el tipo me llamara *muñeca*? El presentador le decía eso a todas las mujeres lo suficientemente valientes como para subirse al escenario.

Giró a verme, me levantó el mentón.

—¿Estás nerviosa? —Su voz tenía un tono de aliento—. No lo estés. Lo harás genial. Su sonrisa era potente. Mis pezones se tensaron con sólo una mirada.

Pensó que estaba nerviosa por cantar. No lo estaba. Había cantado toda la vida. Cuando me mudé a esta ciudad, Natalie me había pedido que me uniera a los Barn Cats, la banda con la que tocaba, pero me negué sin siquiera tomarme el tiempo de pensarlo.

Marty había arruinado la música para mí.

Marty había arruinado todo para mí.

Desde entonces, Natalie había pasado de invitarme a los Barn Cats a regarme e insistirme que al menos viniera al karaoke. Sólo había aceptado para que dejara de molestarme. Esta mañana, había dicho que era mi gran noche con Boone. Dijo que caería como un árbol cuando me escuchara cantar.

Tenía mucha más fe en mi talento que yo. No podría de ninguna forma hacer caer a un gigante como Boone.

Pero sus palabras, verdaderas o no, me habían dado un poco de poder. Podía recordar cómo solía llamar la atención del público. Cómo absorbía su energía, me alimentaba de ella. No había tocado en lugares grandes, sólo en cafés y bares de la ciudad, pero me había dado la oportunidad de compartir mi música. Las canciones que escribí.

Había soñado con que algún día firmaría un contrato de grabación y tocara en escenarios más grandes.

Pero Marty me hizo creer que era una boba. Sin

talento. O que sólo me hacían pensar que tenía talento porque todos veían que intentaba ser provocadora.

Boone me llevó hasta el escenario mientras escuchaba que el grupo de Wolf Ranch aplaudía y me alentaba.

—No puedo esperar a escucharte cantar, bebé, — me dijo con su mano apretando mi cadera.

Se desvanecieron todos de los problemas en mi cabeza. No quería evitar que yo fuera el centro de atención. No lo molestaba. De hecho, me había llevado hasta donde me presentaría. No afectaba su masculinidad, aunque no estaba segura de si había un hombre más masculino que él.

Esa también era una buena señal.

Respiré hondo y exhalé.

Quizás esto no sería el desastre que empezaba a sentir. Quizá podría hacerlo después de todo.

Me subí al escenario y tomé el micrófono de Joe, el presentador.

—Gracias, Joe. Y para los entendidos, creo que mi cita te arrancará la cabeza si me vuelves a decir muñeca. —Hice que fuera una broma, aunque parte de mí todavía se sentía rara al respecto.

Funcionó. Joe parecía intimidado y se encogió de hombros. La audiencia se rió y todos voltearon a mirar a Boone parado junto al escenario.

Él cruzó los brazos sobre su enorme pecho. Si me

estaba siguiendo la corriente o si era en serio era debatible.

—Guau, Boone, —dijo Joe, saludando. Era evidente que lo conocía, lo que tenía sentido. Era una pequeña ciudad donde todos parecían conocerse—. Perdón, amigo. No sabía que estabas con Summer. No quise ser irrespetuoso.

Boone inclinó la cabeza.

—Aquí está tu canción. ¿Shania Twain, no es cierto, Summer? —Giró a mirar a Boone y al público —. No *muñeca*. Ella definitivamente no es alguien a la que volveré a decirle *muñeca* — Joe no parecía asustado. Estaba exagerando para el público y todos reían; los labios de Boone pueden haberse movido.

Asentí; mi cadera se movía al ritmo de la música que comenzaba. Era "That Don't Impress Me Much" y lo di todo, me divertí y canté con todo el corazón.

Boone me miraba con la boca abierta, sus ojos se iluminaban cuando llegaba a una nota alta. Caminé por el escenario con mis pantalones cortos mientras la audiencia de silbaba y me gritaba cosas. Boone era el que más silbaba. Cuando terminé, rugió y levantó sus grandes puños en el aire como si acabara de meter un gol para su equipo favorito.

—Gracias a todos, —dije en el micrófono antes de devolverlo, sin aliento y eufórica.

Boone se acercó al final del escenario para verme.

—Atrápame. —Volví a saltar a sus brazos y él me atrapó como si fuera una almohada de plumas. No sabía cuál era mi fascinación por subirme a él, pero mierda, se sentía bien. Era tan grande como un árbol e igual de robusto, y supongo que me hacía sentir segura saltar de un precipicio y saber que estaría allí para atraparme.

O quizá sólo era juego previo. Porque subirme a sus caderas *definitivamente* me excitaba.

—¿Permiso de seguir sosteniéndote así toda la noche? —Boone preguntó de nuevo después de besar mi esternón y el costado de mi cuello.

Me reí, sin responder. Me llevó de regreso a las mesas donde estaban sentados nuestros amigos.

—Tienes una voz tan increíble. ¿Dónde aprendiste a cantar? —Se sentó y me mantuvo sobre su cadera.

Era mucho afecto en público, pero a nadie parecía molestarle.

De hecho, lo que recibimos eran sonrisas alentadoras de todos.

Nadie parecía pensar que Boone era una *red flag*. Natalie no estaba alejándome. Ninguna de las mujeres lo hacían. Tampoco ninguno de los hombres. ¿El alfa de la manada no me advertiría si estuviera con un miembro que fuera peligroso?

Debería relajarme. Dejar de buscar posibles

problemas y sólo ver adónde iba esto entre nosotros. Boone no era Marty.

Yo no era una veinteañera perdida que le creía todo.

Era más inteligente. Sabía lo que valía. Conocía mi corazón.

Natalie respondió por mí porque yo estaba en *la la land* mirando a Boone.

—Summer escribe sus propias canciones. Es una artista profesional.

Sentí que mi pecho se comprimía dolorosamente por hablar sobre mi carrera musical. O la falta de una carrera.

—No, no lo soy, —dije rápido—. O sea, incursioné. Tiempo pasado.

—Mentira, —dijo Natalie, levantando su vaso—. Tiene un talento descomunal y sólo es pasado por tu ex. ¡Es hora de que brilles, amiga!

Una joven y sus amigas se levantaron hacia el escenario y empezaron a cantar una versión horrible de «Girls Just Wanna Have Fun». Era difícil no estremecerse, pero parecía que se divertían y de eso se trataba la música.

—Mañana abrirás para los Barn Cats. Es un trato. —Natalie me miró con seriedad.

Todavía no había aceptado, pero seguía insistiendo.

Ahora, con Boone mirándome con aliento, además de todos en la mesa de Wolf Ranch, cedí.

—Bueno, —acepté.

Boone me observó.

—No puedo esperar a escuchar más. La música es importante para ti. —Sus cejas se juntaron cuando unió algunas cosas—. ¿La dejaste por él? —Me preguntó en voz baja y nuestros amigos miraron para otro lado para darnos privacidad.

La sorpresa porque alguien a quien sólo había conocido por veinticuatro horas dijeran mi secreto más doloroso en voz alta hizo que mi estómago se retorciera y se escondiera detrás de mis costillas. Miré para otro lado.

Boone debe haber leído la respuesta en mi silencio de sorpresa porque una ola de ira contorsionó su rostro. Sentí el retumbe de un gruñido en su pecho.

Se me ocurrió que debería estar asustada, realmente lucía terrorífico cuando estaba enojado, pero de algún modo no lo estaba. Quizás era porque sus brazos se tensaron de forma protectora a mi alrededor. Quizás era porque entendía que estaba enojado en mi nombre.

—Sí. —Tragué saliva. Qué tonta había sido—. A Marty no le gustaba nada en mi vida que pensara que fuera más importante que él, —admití. Me sentí avergonzada cuando lo dije. Mi voz sonaba herida. Dolía siquiera decirlo aunque me había costado casi lo mismo con Natalie hace un par de meses. Cada día que pasaba en Cooper Valley le agradecía a Dios tener una amiga como Natalie, que me dio un lugar donde vivir, me consiguió un trabajo, y me ayudó a recuperarme mientras pedía el divorcio.

La mandíbula de Boone se tensa.

—Si alguna vez aparece aquí, le arrancaré los brazos del cuerpo, —gruñó.

Era una imagen tan vívida que sonreí aunque sospechaba que Boone en realidad podría ser capaz de tal hazaña. A juzgar por lo que vi cuando le arrancó las patas a la cama anoche, tenía una fuerza sobrehumana.

Acaricié su barba suave. Era un gigante tan gruñón y ronco y quería ser mío.

—Eres más importante que cualquier hombre, —declaró Boone.

Me quedé mirándolo fijo. ¿Se incluía a sí mismo?

—Tu talento es sorprendente y sólo escuché una canción. La música es importante para ti. No te detendrás porque un hombre-bebé no reciba la atención suficiente, ¿verdad?

Su imitación de Marty me sacó una sonrisa. Natalie me había preguntado lo mismo, pero me sentía demasiado desilusionada, demasiado vencida cuando lo hizo. Todo lo que podía pensar era atravesar el divorcio y deshacerme de él de una vez por todas. Ganar el dinero suficiente como para pagarle al abogado y empezar a darles un alquiler a Natalie y Rand.

Pero la forma en la que Boone me lo preguntó me hizo sentir valiente. Como si Marty fuera insignificante.

¿Mi música era importante? —Supongo... —intenté pensar con claridad alrededor de la vergüenza y el dolor que cubría la música—. En parte siento que mi carrera musical fue lo que me atrapó con Marty.

Vi una reacción en Boone cuando dije el nombre de Marty, como si estuviera catalogándolo y guardándolo para después.

—¿Qué quieres decir?

Me mordí el labio y luego dejé salir las palabras.

—Me convenció de mudarme con él y casarnos y me apoyaría mientras me enfocaba en mi carrera.

—Pensé... —el rostro de Boone se oscureció—. —Luego hizo lo opuesto, aplastó tu carrera.

Se sintió alarmante escuchar lo que pasó descripto de esa forma, pero las lágrimas que aparecen en mis ojos de inmediato me dicen que Boone tiene razón: Marty aplastó mi carrera.

Pero también tenía que admitir mi parte en eso. Me encogí de hombros de forma triste.

—Sí. Pensaba que coqueteaba con todos, como Joe. Que si un hombre me decía *muñeca*, entonces debía haberlo hecho con él. Que cuenta cantaba, sólo me aplaudían porque me vestía con ropa provocativa. Me dijo tantas cosas que me rompieron, pero yo fui la que dejé que me manipulara para creer en todo eso. En que nuestro matrimonio era más importante.

Boone negó con su cabeza descomunal.

—No. No te culpes por la manipulación de este idiota. Su única meta debería haber sido verte tener éxito. Pero en vez de eso fue encerrarte y atraparte... —Boone dejó de hablar y la comprensión apareció en sus ojos—. Mierda. Fui demasiado intenso esta mañana. Me comporté igual que tu ex idiota. —Se frotó la barba—. No me sorprende que necesites espacio.

Una de los muros que levanté contra Boone se cayó al suelo en ese instante. Finalmente lo entendió. No me hizo creer que lo que quería era lo correcto.

—Lo siento, bebé. Nunca quise hacerte sentir... —se frenó otra vez—. Sí, te hice sentir como un objeto, ¿no es así?

Le dedico una sonrisa de alivio.

—Bueno, me llamabas *tuya*.

No respondió, pero de alguna forma podía sentir la intensidad de lo mucho que *sí* creía que lo era. Pero supongo que el hecho de que sepa por mi aroma que era «la indicada» se lo dejó en claro.

—Recuerda, bebé, aunque diga que eres mía, también soy tuyo. ¿Lo entiendes?

Nunca pensé en eso al revés. ¿Yo también podía decir que Boone era *mío*? ¿Podía ser igual de posesiva como él de mí? La idea de que cualquier mujer de este bar mirara a mi hombre de forma ardiente... bueno, lo entendía un poco más.

¿Pero cómo funcionaba exactamente?

—¿Qué sucede si tu pareja no siente lo mismo? —Le pregunté.

Vi un mundo de dolor en su mirada. Puso sus manos sobre mis caderas, sus dedos sostenían con fuerza, como si tuviera miedo de que saliera corriendo. Su garganta se trabó.

—Te prometí que tomaría un no como respuesta. —Su voz salió rasposa.

Ah, hombre dulce.

—No estoy diciendo que no, —le aseguré—. Sólo me pregunto cómo funciona. O sea, ¿una... —bajé mi voz a un susurro— loba alguna vez dice que no?

Las grandes manos de Boone apretaron mi trasero y me llevaron más cerca de su regazo.

—Bueno, hay una fuerte necesidad biológica. No podría negar eso. Pero sí, o sea, a veces no funciona.

Parecía que no estaba diciendo algo. Algo que no me gustaría.

—¿Hay un divorcio?

Asintió, y todavía lucía como si hubiera algo que no quería decirme.

—Sí. O sea, no es un *divorcio* como el de los humanos, pero una separación sin embargo. No es común, pero puede suceder. Puede ser difícil porque el instinto de un hombre será protegerla, aunque ella no quiera esa protección.

Hmm. Sonaba un poco acosador. Pero también sonaba parecido a Boone y yo.

—Bebé, entiendo ahora que fui demasiado intenso, —repitió—. Probablemente seguiré pareciéndolo. Es simplemente como soy. Pero tienes que saber que tienes decisión. Dices que no, me detengo. Punto. Dices dame espacio, te doy espacio. Lo que sea que necesites para sentirte cómoda. Pero te prometo esto: nunca jamás me interpondré en tu carrera. Nunca lloraré ni me quejaré de que no das lo suficiente cuando brillas tan fuerte, maldición. Todo lo que quiero es el honor de ser tu hombre. Quiero ser el tipo que te haga feliz, que te mantenga a salvo y gritando toda la noche.

Todo en mí se volvió un líquido caliente ante sus palabras.

Marty nunca me dijo algo parecido. Si lo hubiera hecho, no le habría creído. Pero le creía a Boone.

De pronto, ya no me importaba el karaoke.

—Bueno. —Me acerqué más a su regazo, sintiendo el bulto de su miembro a través de sus vaqueros—. Empecemos esa tercera parte, ¿sí?

15

BOONE

Gemí ante la sensación de Summer moviendo su dulce pelvis sobre mi verga. No iba a llegar todo el camino hasta casa. Ni siquiera iba a llegar a *su* casa. Necesitaba probar a mi chica ahora. Aquí mismo en lo de Cody tendría que servir.

Me paré, con sus piernas envueltas alrededor de mi cintura.

—Más tarde te llevaré a casa y te mostraré lo que significa que te adores, —le prometí mirando sus tormentosos ojos azules—. Pero ahora mismo necesito probarte y no puedo esperar. —La llevé a la parte de atrás del bar, al depósito. Cody me perdonaría por lo que estábamos a punto de hacer en este lugar. Entendía lo que era tener una pareja de la que no te cansabas. Necesitaba a Summer con una desesperación que no podía controlar.

—¿Qué estamos haciendo, Boone? —Summer se rió y miró alrededor.

Mierda, ese sonido. No era miedo, sino alegría.

—Sólo necesito probarte, bebé, —gruñí con la boca hecha agua—. Necesito escucharte decir mi nombre cuando acabes. Entonces será lo suficientemente seguro llevarte a casa. O a mi cabaña si quieres verla. —Apoyé sus pies gentilmente sobre el piso de concreto y luego me arrodillé frente a ella, desabrochándole sus pantalones cortos. Con mis pulgares en su cintura, tiré de ellos y de las medias de red para bajarlas hasta sus rodillas.

Ella chilló.

—¡Oh, por Dios, Boone!

Miré hacia arriba para verla con lo que sabía que eran ojos brillantes.

—¿Estás bien, bebé? ¿Permiso para lamerte la vagina hasta que grites?

Su aroma ahora era más fuerte. Estaba muy excitada. Lista.

Sostuve sus muslos entre mis dos manos y podía sentirlos temblar con deseo.

—T-tienes permiso.

Las pupilas de sus ojos azules estaban grandes y su piel sonrojada de un hermoso rosa durazno.

Inclinándome hacia adelante, la lamí de forma agresiva.

Mierda, sí. El aroma. El gusto.

Mía.

Arremetí contra esa vagina como un hombre hambriento en su primera comida durante semanas. Succioné sus labios en mi boca, acaricié su piel con mi lengua. Exploré cada milímetro de su dulce vagina, terminando en su clítoris.

Ella estaba empapada; su miel ya mojaba mi barba. Fue fácil meter un grueso dedo dentro de ella.

Gritó, sus dedos enredándose en mi cabello, su trasero y espalda chocando contra cajas de cerveza apiladas contra la pared.

—Eso es, bebé. —La alabé mientras metía y sacaba el dedo de su canal apretado. Mirarla desde mis rodillas era tan poderoso. Le estaba dando placer. Ella lo tomaba, me confiaba su cuerpo—. Luces tan linda cuando estás lista para venirte. —No, eso no le hacía justicia—. Eres la mujer más hermosa del mundo.

Ese era un hecho.

Pasé la lengua por encima de su clítoris y encontré su punto G dentro de su pared interna. Doblé el dedo para acariciarlo de la forma que había aprendido que le gustaba la noche anterior y amaba la forma en la que sus jadeos se volvían más frenéticos.

—¿Así, bebé? ¿La quieres ahí? —Le pregunté, asegurándome de que me guiara donde me quería. Era sirviente de su placer.

—¡Sí! Sí, Boone, justo ahí. —Su voz rebotó en las paredes de concreto de la pequeña habitación.

Agregué otro dedo y los empujé, poniendo mi mano en un ángulo para que las yemas de mis dedos tocaran el punto G cada vez.

Ella gritó, tomando mi muñeca para sostener mi mano mientras chorreaba fluido alrededor.

—¡Oh, oh! —Sus paredes se tensaron en unos latidos rápidos que apretaban y tenían espasmos alrededor de mis dedos.

—Eso es, bebé. Buena chica. Me encanta cuando te vienes para mí.

Ella se mojó aún más, como si mi halago la hubiera excitado. Hice una nota mental de asegurarme de halagarla mucho cada vez que pudiera. Estaba catalogando todo lo que la hacía feliz. Lo que la mojaba. Lo que la hacía venirse.

Dios, cada maldita cosa sobre ella.

Saqué los dedos lentamente y los puse en mi boca, saboreando sus jugos. No era suficiente.

Con cuidado le volví a poner las medias de red y luego los pantalones cortos, los cerré y abotoné. Luego me paré, me incliné para poner acomodarme en su cuello.

—Realmente me encanta hacer que te vengas, —susurré en su oreja y la mordí—. ¿Vendrás a casa conmigo esta noche?

—Sí, —respondí de inmediato. Sin dudarlo. Sin miedo. Gracias al cielo.

—Quiero que vuelvas a cantar para mí, —dije— desnuda en mi cama. Mi propio espectáculo.

La sonrisa lenta que me dedicó tenía algo de provocación e hizo que me latieran las bolas.

—Bueno.

Tomé su mano y la llevé afuera del depósito. Su sabor en mi lengua, una sonrisa en su rostro.

Pensé que anoche había sido la mejor noche de mi vida. Pero esta estaba siendo incluso mejor.

16

SUMMER

ME PUSE una de las camisas de leñador de Boone. Una rojo brillante y suave. Era tan grande que ni siquiera la cerré. La cabaña de Boone era increíble. Había estado oscuro cuando me trajo aquí anoche después de pasar por mi casa para empacar una mochila. Condujimos por las montañas desde la ciudad. Cuando llegamos, estuvimos, eh, *ocupados* hasta que básicamente me desmayé del placer, pero ahora con la luz de la mañana, miré a mi alrededor.

La llamaría acogedora-lujosa, si eso fuera un estilo. Anoche me dijo que la había construido toda él mismo. Claramente era un trabajo hecho con amor.

Era una pequeña cabaña monoambiente con un

área abierta de sala de estar/cocina/habitación y un altillo que parecía usar como oficina/biblioteca. Aunque era rústica, cada detalle era perfecto. Las puertas pesadas de madera tenía diseños grabados y encajaban cómodamente contra el invierno duro. Los gabinetes y cajones de la cocina tenían la mejor confección y un cierre delicado. Las luces invisibles debajo de los gabinetes les daban un hermoso brillo a las mesadas. Tanto las mesadas de la cocina como del baño y paredes de la ducha eran losas gigantes de cuarzo pulido, blancas y grises, con venas violetas y plateadas.

Los pisos pálidos de madera eran suaves y se sentían lisos y acogedores. Una cocina de hierro fundido mantenía el lugar cálido.

Natalie dijo que Boone era realmente inteligente, que había ido a la universidad a los dieciséis, pero realmente no lo imaginaba como amante de libros. No decía mucho, y conmigo, había metido la pata la mitad del tiempo. Pero toda la cabaña estaba colmada de libros que claramente había leído.

Cada pared del altillo de arriba tenía bibliotecas y una pared entera de abajo también estaba abarrotada de libros. Pasé los dedos por los lomos de algunos, observándolos. Cubrían todo, tratados de guerra con China, la revolución IA, la religión del antiguo Egipto, libros de artesanías y construcción con madera, filosofía alemana, psicología Junguiana.

—Guau, —murmuré—. Te gusta leer.

Boone estaba en la cama, su gran cabeza apoyada sobre su mano mientras me miraba. Se encogió de hombros, lo que hizo que se moviera un músculo de su hombro musculoso.

—Se pone aburrido aquí en el invierno, —dijo con simpleza.

Volví a la cama y me subí encima de él, sentada sobre su tronco grueso. Fácilmente podía girarme y dominarme, pero no lo hizo. Su camisa leñadora caía sobre mis hombros como una bata abierta.

—¿Por qué vives aquí arriba completamente solo?

Había algo sobre la situación de Boone con su vida que se sentía como si se resguardara de algo. No que se escondiera necesariamente, sino que se aislaba por elección.

Dudó, lo que me dijo que estaba en lo correcto. Sus ojos oscuros parecían perturbados.

—Sólo es... más seguro así, —murmuró y miró hacia otro lado.

—¿Más seguro para quién? ¿Para ti?

Él negó con la cabeza. Frunció el entrecejo de forma profunda.

Incliné la cabeza.

—¿Qué me estás diciendo?

Su mandíbula se tensó. No había movido su cuerpo gigante, pero podía sentir la tensión que lo recorría.

—Por favor, quiero saberlo. ¿Qué pasó? ¿Tú... lastimaste a alguien? ¿Tu lobo lo hizo? —-No estaba segura de qué me llevaba a adivinar eso, pero de inmediato supe que era así por cómo sus ojos se abrieron sorprendidos.

Dejó de respirar.

—Puedes decírmelo, Boone, —susurré y mi dedo recorrió el cabello oscuro de su pecho. Las mangas de su camisa eran tan largas que no podía verme las manos.

No habló.

No lo conocía hacía mucho, pero sabía lo suficiente.

—Sé que tienes miedo de asustarme. Supongo que soy un poco asustadiza. Pero tengo que saber todo acerca del hombre que dice ser mi pareja.

Guau. Decir eso en voz alta me afectó.

El hombre que dice ser mi pareja. Era como si pudiera sentir el tirón del destino detrás de las palabras. El gran significado que Boone y el resto de mis amigos le daban a la palabra *pareja.*

Boone exhaló de a poco. Me miró fijo a la cara como si fuera su salvavidas. Como si pudiera ver directo a mi alma. Se aclaró la garganta.

—Al crecer, mi tío, el hermano de mi madre, era el alfa de esta manada. —Su voz sonaba rasposa.

Quería preguntarle por el papá de Rob, pero esperé, dejé que se tomara su tiempo para contarme la historia cómo quisiera.

—Mi mamá murió cuando dio a luz a Roy. Mi papá era... lo que piensas cuando la gente dice «masculinidad tóxica». Pero mi tía y tío, los papás de Rob, Colton y Boyd, nos cuidaron cuando éramos niños. O cachorros, como decimos. Eran los padres amorosos que deseábamos haber tenido. —Volvió a respirar profundo y exhaló—. Cuando tenía dieciséis, murieron en un terrible choque automovilístico en el cañón. Rob era joven, sólo un par de años mayor que yo. El liderazgo de la manada cayó sobre él, como era esperado.

Asentí, todavía moviendo las uñas de los dedos entre el cabello de fuerte pecho, intentando calmar el dolor que podía leer en su rostro. Estaba tan cálido debajo de mí.

—Ya era grande, era así de alto en primaria, y en la secundaria ya había crecido. El pendejo de mi papá pensó que debería desafiar a Rob para ser el alfa.

Levanté las cejas con sorpresa, pero no interrumpí de otra forma, sobre todo porque no sabía qué significaba exactamente.

Él suspiró.

—Lo sé, fue ridículo. Mi padre era un cretino egoísta y calculador. Yo no tenía interés en el liderazgo ni en quitarle nada a mi primo, que era como un hermano para mí, a quien realmente habían criado para tomar el mando y liderar. Sólo quería irme de mi casa. Quería alejarme de mi papá y de su constante presión sobre mí para ser un hombre alfa. Para ti, una humana, eso significa ser dominante y estar a cargo, pero el alfa de una manada de lobos es eso y más. Es el líder, el único completamente responsable del bienestar de todos. Además es quien decide la justifica, al menos a nivel de la manada. Tiene que tomar decisiones que a veces no son positivas o felices. Podría haber cumplido con mi tamaño, pero eso era todo. Estaba *en* Rob ser alfa. Nació para seguir a su padre. El mío creía que mi tamaño me permitía liderar, y por eso era un pendejo. Yo no estaba calificado.

—¿Como tratar de meter un cuadrado en un círculo? —Supuse.

La comisura de su boca se levantó.

—Sí, como eso. Rob encajaba con el rol. Yo no. Estudié muchísimo para graduarme de la secundaria antes e ir a la universidad. Ya me habían aceptado en Columbia. Pero mi papá no cedía. Durante meses me molestó con eso. Desafía, desafía, desafía. Una noche de verano, me molestó demasiado y peleamos. No verbal, sino físicamente. No quise desafiarlo a *él* por el control, sólo sucedió.

No tenía idea de lo que significaba *desafiar por el control*, pero los ojos de Boone se habían desenfocado y su expresión lucía asqueada. Lo que sea que hubiera hecho, se arrepentía hasta hoy.

—¿Qué pasó? —Susurré.

Vi la culpa pasar por el rostro de Boone.

—Estuvo mal. —Tragó saliva.

Esperé, pero no continuó.

—¿Qué tan mal?

Sus manos se apoyaron en sus caderas, sus pulgares acariciaron mi piel, pero dudaba de que siquiera fuera consciente de hacerlo.

—Un maldito baño de sangre. O sea, mi lobo no mató a mi padre, pero estuvo cerca.

Cuando vio mi aspecto alarmado, rápidamente se corrigió,

—Aunque los cambiaformas sanan rápido. Estaba bien. Pero Roy y Ace, mi otro hermano menor, estaban totalmente traumatizados. Yo... —dejó de hablar, como si las palabras lo ahogaran—. Me fui. De la manada, del estado. Probablemente debí haberme quedado. Por ellos. Pero casi había molido a mi padre a golpes. Pensé que sin mí, la amenaza para todos también se iría. Además, sería mejor para Rob intentando liderar una manada a una corta edad, y por la paz en la familia que me fuera de la ciudad y me mantuviera alejado. No quería ser el violento por el que todos se preocuparan que volviera a estallar.

Así que me fui a la universidad, y luego me quedé en Nueva York cuando me gradué. Me dije a mí mismo que le estaba dando espacio a Rob de asegurar su liderazgo. Después me dije que trabajar como gerente de un fondo de inversión era para juntar dinero para la familia, y *sí* gané dinero. Un montón. Así empezamos la granja de árboles y volví a comprarle toda esta tierra al banco.

Mis manos estaban quietas y una descansó sobre su corazón. Sentí su latido lento debajo de mi palma.

—¿Tus hermanos estaban en peligro?

El dolor en la expresión de Boone me destrozó.

Tomé su rostro y acaricié su barba sedosa con los pulgares.

Él negó con la cabeza, pero no me miró a los ojos.

—No... no en peligro físico. Pero nuestro papá era un narcisista, así que no tuvieron el apoyo que merecían. Por suerte, Rob no los echó de la manada ni les quitó su protección, aunque debía saber que mi papá había estado intentando conseguir su puesto. Pero Roy y Ace perdieron el amor y la estabilidad de nuestra tía y tío cuando murieron, y Rob no estaba más preparado que yo para ser un padre sustituto. Las cosas llegaron a un punto cúlmine cinco años después de que me fuera cuando mi papá intentó hacer que Ace desafiara a Rob. Ace no estaba interesado, nunca había siquiera considerado el puesto. No era el primogénito de nuestra familia y Rob tenía dos hermanos menores. Si alguien reemplazara a Rob, sería Colton y luego Boyd. Por su intento, Rob lo desterró de la manada.

Mis ojos se abrieron grandes. ¿Quién hubiera dicho que había tanto drama en una manada de lobos? Supongo que la gente que sabía en primer lugar que los lobos existían.

—¿Él desterró a Ace?

—No, a mi papá, no a Roy ni a Ace. Nuestro padre se fue del estado. Lo último que supimos era que estaba en una manada en Arkansas. Eso fue lo mejor que podría haber pasado en realidad porque mis hermanos se quedaron y finalmente fueron libres.

—¿Ellos también viven aquí en la montaña, verdad? —Recordé lo que había dicho. Uno de ellos era carpintero y el otro tenía una granja de árboles de navidad.

Asintió.

—¿Entonces regresaste a casa? ¿Cuando desterraron a tu padre?

Boone hizo una mueca.

—Debí haberlo hecho, pero no.

—¿Qué te trajo de regreso?

—Más problemas. No en la manada, sino en Nueva York.

Sentí que Boone se cerraba, como si no quisiera contarme más. Dolía que te alejaran, sobre todo cuando se había abierto tanto.

Intenté mantener abierta la conexión.

—Puede que hayas sido grande e inteligente, pero igual eras un niño cuando te fuiste. Dieciséis es demasiado joven para ir a la universidad, sobre todo una que queda en Nueva York después de vivir en Cooper Valley. No pueden culparte por la crianza de mierda de tu papá o por no querer quedarte y mejorar las cosas de alguna forma para tus hermanos. Imagino que tenías razón, quedarte habría traído más peleas y problemas.

Boone dejó salir un largo suspiro.

—Gracias. Mi hermano, Ace, no siente lo mismo, pero me ayudar escuchar que tú lo crees. —Su voz era ronca—. Ven aquí. —Me hizo apoyar la cabeza sobre su pecho y me abrazó. Estaba tan cálido, su piel suave sobre el músculo rígido.

Me acurruqué con él, ofreciéndole consuelo en forma de mi presencia.

—Gracias por compartirlo. Lamento que hayas tenido que pasar por eso.

Pasó sus grandes manos callosas por mi espalda descubierta e hizo un ligero círculo sobre mi trasero.

—No quiero que me tengas miedo. —Su voz se quebró un poco—. Sé que te pasó algo. Nunca jamás dejaré que te vuelvan a lastimar. Te lo prometo. —Su voz se volvió feroz y supe sin lugar a dudas que podría volver a ser violento. Pero también creía que no lo sería conmigo, sólo para protegerme.

Escuchar lo que sucedió y su culpa por dejar a sus hermanos me lo aseguró. Tenía un sentido de honor. Su brújula moral estaba intacta. No sabía nada sobre los cambiaformas lobo, pero sí entendía el concepto de los alfas. Puede que no quisiera un puesto de liderazgo, pero era un líder natural. Dominante. Protector. Dispuesto a usar la fuerza cuando fuera necesario. Pero había abandonado su manada para asegurarse de que el liderazgo de Rob como alfa fuera exitoso.

Estaba segura de que debió haberle dado miedo a un chico de dieciséis, pero no era motivo para mantenerse aislado aquí ahora en la montaña. Si íbamos a ser una pareja, una idea que en parte me emocionaba y en parte me aterraba, entonces tendría que llevarlo de nuevo a la sociedad. Sabía por experiencia lo feo que era estar alejado de tu sistema de apoyo y de tu comunidad. Lo aterrador que era intentar regresar.

Vi su miedo sobre esto a mi alrededor. Temía equivocarse. Él sentía que daría un paso en falso, diría algo equivocado, *haría* algo mal que me lastimara o me hiciera irme asustada. No podía ver mi propio miedo de que él se convirtiera en Marty, de ser super bueno y dulce al principio y luego controlador y malvado. Yo tenía que trabajar en eso.

Podía empezar ahora.

Sonreí traviesa, pensando en una *muy* buena idea.

—Quiero atarte.

Sus ojos se abrieron de golpe y luego se calentaron.

—Asumo que te refieres a aquí en la cama, —dijo. Su voz había bajado una octava y cualquier dejo de culpa y arrepentimiento habían desaparecido de su mirada.

Me mordí el labio y asentí.

—Quiero aprovecharme de ti.

—¿Tienes miedo de que te lastime? —preguntó, de pronto cauteloso otra vez.

Negué con la cabeza.

—No. Para nada. Quiero que te dejes ir. Que te olvides de intentar no lastimarme. Sé que eso se te pasa por la cabeza.

Asintió una vez.

—De esta forma, sabes que no puedes. Puedes dejarte ir y sólo... disfrutar.

—¿Entonces te lo harás a ti misma encima de mí? ¿Me volverás loco con esa vagina dulce? —Me quitó la camisa leñadora de los hombros para que cayera por encima de mis caderas. Saqué los brazos de las mangas y estaba desnuda. Su mirada me recorrió y su verga creció entre nosotros.

Asentí.

—Estoy dispuesto, pero primero tienes que hacer algo.

Incliné la cabeza y mi cabello rozó mi mandíbula.

—¿Qué?

—Después de atarme, tienes que sentarte en mi cara. Me comeré esa vagina dulce hasta que te vengas. Mi chica viene primero, y de esta forma sabré que ha pasado.

¿Quería hacer eso? ¿Que Boone me comiera y yo me viniera para él y *después* montarme como una vaquera?

Sí, sí quería.

—Bueno.

—Bien. —Levantó las manos por encima de la cabeza y tomó el cabezal de madera tallada—. Usa mi camisa para atar mis muñecas al cabezal.

Hice lo que me indicó, inclinándome hacia adelante para envolver sus muñecas y la tablilla con la manga, pero él se pegó a mis pezones y me distraje.

Finalmente lo aseguré y estaba realmente excitada.

Sonrió, miró hacia arriba y probó el nudo con un tirón.

—Súbete aquí, bebé.

Me moví subiendo por su torso y luego me sostuve del cabezal, acomodé mis rodillas a cada lado de su cabeza.

—Más abajo. Sí, maldición. Buena chica.

Luego me comió con una precisión despiadada. Quizás era porque estaba determinado a que me viniera primero que no me provocó ni tentó. No podía usar las manos, pero su boca y lengua eran tan talentosas que me vine en tiempo récord. Si hubiera un concurso de quién come una vagina más rápido en los Juegos Olímpicos, Boone definitivamente ganaría el oro.

Estaba cansada y saciada, pero no había terminado. Ese orgasmo había sido un calentamiento. Su verga estaba detrás de mí, gruesa y larga y chorreando pre-semen. Su barriga estaba cubierta de él.

—¿Listo? —Le pregunté, lo que era ridículo. Estaba más que listo. Sonrió, su barba brillante y cubierta de mi excitación.

Me moví hacia atrás, me arrodillé y luego me hundí en él.

—Mierda, —susurró, tirando del nudo. No cedió.

Me sentí tan poderosa teniendo a un tipo como Boone a mi merced.

—Sólo siente, bebé, —le dije, inclinándome hacia abajo y besándolo, probándome en sus labios.

Empujé hacia arriba y empecé a moverme.

—Tócate esas tetas, —me dijo.

Lo hice y sentí que se agrandaba dentro de mí.

Luego puse las manos en el cabezal y me acerqué, dándole una para que succione. Luego la otra.

Estaba gimiendo y retorciéndome sobre su verga, pero tenía que volver a sentarme. Quería más. Más fuerte. Más profundo. Lo tomé. Usé la verga de Dick para venirme. Miré su rostro, mandíbula apretada, mejillas ruborizadas, ojos alocados.

—¿Te vendrás para mí, grandote? —Le pregunté, montándolo.

—Sí. Tan cerca.

—Vente para mí, Boone. Sólo déjate ir.

Quizá necesitaba el incentivo. Quizá lo había empujado al punto de no retorno.

Levantó las caderas y se vino con un gruñido, llenándome con su semen hasta que chorreaba a su alrededor. Necesitaba más. Estiré la mano hacia abajo, froté mi clítoris y me arrojé por el precipicio de nuevo. Se sintió tan bien con él grueso y duro dentro de mí.

Había reducido a este gran leñador, tan fuerte, a un desastre transpirado y saciado.

Sonreí. Él también.

Me acerqué para besarlo, su piel tan caliente contra la mía.

—Gracias.

—Se rió—. Bebé, puedes atarme cuando quieras.

Ahora, estar atrapada en una tormenta de nieve en las montañas con Boone no se sentía como una trampa. Parecía emocionante.

17

BOONE

TENER a Summer en mi cabaña era una experiencia de éxtasis. También era pura tortura porque su aroma a miel y durazno llenaba el pequeño espacio y excitaba continuamente a mi lobo. No dejaba de querer tener sexo con ella. Necesitaba escucharla gritar. Sentir su orgasmo. Oler su excitación.

Sobre todo, quería marcarla. En espacial cuando me ató y se aprovechó de mí. Mierda, eso había sido ardiente.

Pero no había pensado en cómo abordar el tema de reclamarla. Antes me había adelantado mucho. Ahora que entendía sus detonantes, le había puesto una mordaza a mi lobo. Cuando sugirió atarme mientras lo hacíamos, pensé que sería una buena idea, después de que me explicó que no tenía miedo. Me aseguraría de no ser demasiado bruto. Ella podría tomar lo que quisiera, y por supuesto que iba a venirme con lo que sea que deseara.

Era un comienzo. Ella era tan fuerte y valiente, y se había manifestado cuando me cabalgó hacia el orgasmo más impresionante de mi vida.

¿Pero reclamarla? Eso todavía tenía que suceder. Se acababa el tiempo. Me quedaba poco antes de volverme lunático. Podía sentir la energía caótica debajo de mí. El animal que luchaba con el hombre. Estaba caliente y agitado. Nervioso. Como si tuviera demasiada energía corriendo por mi cuerpo para que mi piel pudiera contenerla.

Se paró y se puso la ropa. Por un momento, me acosté en la cama a mirarla porque no había nada más hermoso en el mundo que mi pareja. Además, porque necesitaba calmar a mi lobo, quien se había alterado sólo porque ella se bajó de encima mío. Después de lo que acababa de hacerme, podría haber estado saciado, pero no.

Empezaba a ser un problema. Ella podría haberse protegido al atarme, dejándome olvidarme de la posibilidad de lastimarla. Pero ahora había regreso con más fuerza. Nunca me perdonaría haber terminado perdiendo el control y poniéndola en peligro como me prometí que no sucedería. O por marcarla antes de que estuviera lista. Me obligué a contenerlo.

Giré para levantarme y me puse unos pantalones deportivos.

—Debes tener hambre después de eso. —Le guiñé el ojo y se sonrojó de forma linda—. Tengo salchichas y huevos. También podría llegar a preparar unos panqueques. Hay jarabe de maple real. Y café. Por supuesto, tengo café. Y chocolate caliente.

Ella me sonrió y algo se movió en mi pecho. Quería hacer feliz a esta mujer más de lo que me importaba mi próxima respiración. ¿Pero si seguía siendo un peligro para ella? Sabía que mi lobo nunca dejaría que algo sucediera intencionalmente, pero si la protegía, el destino sabía que no podría contener la violencia. Y entonces podría perderla de todas formas.

—Huevos y salchichas suena genial. ¡Y si tienes chocolate, preparemos mochas! Ella saltó un poco.

Mierda, era linda.

Empecé a preparar el café y saqué una sartén mientras ella abría el refrigerador y buscaba los huevos y una salchicha.

Quince minutos después, nos sentamos con pilas de comida humeante y tazas de una mezcla de café con leche y chocolate caliente.

—Debes pensar que puedo comer como un lobo,

—se rió Summer, levantando el tenedor y mirando la gran pila de huevos y salchichas.

A mi lobo le encantaba ser su proveedor.

Sonreí. Maldición, ni siquiera sabía cómo mi rostro seguía sabiendo sonreír, pero parece que lo recordaba.

—Necesitas energía si iremos a caminar por la montaña en la nieve para ver la granja de árboles.

Ella masticó un pedazo de comida y me sonrió de una forma que hizo que todo mi mundo se derrumbe y se reacomode.

Reclámala. Mi lobo no se detenía.

Me obligué a volver a contenerlo. *Todavía. No. Pronto.*

—¿Cuál hermano dijiste que tiene la granja de árboles? ¿Lo conoceré?

—Ace. Eh, claro. ¿Quieres?

Mi pecho se sintió demasiado presionado. Como si se estuviera expandiendo y mis costillas no pudieran contener la energía.

—Por supuesto que sí.

Me mantuve quieto un momento. ¿Era posible que ya me estuviera aceptando como su pareja? ¿Que quisiera conocer a mi familia era una buena señal, verdad?

—Te haré un trato.

Ella sonrió y levantó las cejas.

—¿Qué trato?

—Te mostraré la granja de árboles si me cantas una canción. Una de tus canciones. ¿Quizás una original que hayas escrito?

Summer se sonrojó.

—Bueno, sí. —Dejó salir una risa avergonzada—. Bueno. Te cantaré todo el camino, si eso quieres.

—Quiero. —Le sostuve la mirada—. Quiero escuchar cada hermosa cosa que escribas. Ahora que sé lo buena que eres, me aseguraré de que nunca más te abandones a ti o a tu música por un hombre.

Las lágrimas aparecieron en sus ojos.

—Boone. —Su voz era rasposa.

De inmediato me levanté de la mesa para hacerle lugar y ofrecerle el brazo.

—Ven aquí, bebé.

Ella se levantó de la mesa y vino hacia mí, la puse en mi regazo y envolví su cintura con un brazo, besando su hombro.

—No te sofocaré, Summer. Lo prometo. Sé que soy muy intenso. Demasiado intenso. Mi lobo quiere reclamarte, y quiero protegerte, pero no te tendré sólo para mí. O sea, si me dejas tenerte.

Sus brazos envolvieron mi cuello y ella besó mi cabeza. No estuvo de acuerdo. No dijo que me creía ni que confiaba en mí, pero de alguna forma podía sentir que el sexo atado y esto eran un comienzo. Estaba progresando. Descubriría todas sus objeciones y miedo y me aseguraría de abordarlos. Con el tiempo, ella llegaría a creer que estaría completamente a salvo conmigo.

—Puede que aquí estemos en la montaña, pero nunca intentaría alejarte del mundo. Sólo escucharte cantar karaoke me hizo saber que naciste para que te disfruten las masas, bebé. Y sé que probablemente sea demasiado pronto para decir eso, pero sólo quiero que no haya secretos. Si piensas que es demasiado alejado aquí, compraré o construiré un lugar en la ciudad. Tu felicidad es lo que más me importa.

—Dios, Boone, —se ahogó—. Deja de hacerme llorar.

—Si estás llorando porque te sientes adorada como lo mereces, no me disculparé.

Dejo salir una risa llorosa.

—Estás loco.

Me paré, sosteniéndola en los brazos, y ella instintivamente envolvió mi cintura con sus piernas.

—Sip. —La besé—. Loco por ti.

18

SUMMER

Viniendo de Los Ángeles, no pensé que podría soportar el invierno de Montana, pero en los últimos meses me enamoré de la nieve. Boone y yo salimos con gorros de lana y chaquetas. Tenía un par de los soquetes gruesos de Boone para mantener mis pies calientes si se mojaban.

No podía ver ningún camino o sendero, pero Boone me guio por el bosque como si supiera con precisión adónde iba, sosteniendo mi mano con guantes en la suya.

Parte de mí se preguntaba si esto era peligroso, ya sea por hipotermia o por perdernos, pero luego recordé que Boone era lobo. No se perdían en el bosque, ¿verdad?

Por Dios, eso era ardiente. No sólo era un hermoso genio leñador, sino que era extraordinario. Probablemente tenía una mejor audición y sentido del olfato. Y, por supuesto, podía convertirse en un lobo gigante. ¡Ah!

—Quiero verte en forma de lobo, —dije de pronto, parado entre los árboles, con la nieve que caía ligeramente.

Él inclinó la cabeza para verme, sus ojos arrugados.

—¿Sí?

Los copos caían en mi rostro y se derretían.

—Sí. ¿Sólo te transformas durante la luna llena?

Él negó con la cabeza.

—No. Podemos transformarnos en cualquier momento. La luna llena sólo nos da ganas de hacerlo. Es como... ver una bandeja de galletas recién horneadas y tomar una. Sería más difícil de resistirse.

Eso tenía sentido.

—¿Qué... eh, color eres? Tu em, pelaje.

—Blanco y plateado. Definitivamente me camuflo con el paisaje de un día nevado.

—¿Te camuflas? Quieres decir, ¿para cazar? ¿Qué cazas?

No estaba segura de si me daría asco o no.

Volvió a sonreír.

—¿Qué cazo? Pequeñas músicas rubias que cantan como ángeles. —De pronto Boone se lanzó hacia mí, me levantó en el aire, y me hizo girar; su calor traspasaba mis capas.

Grité y me reí.

Me bajó con una sonrisa en su rostro.

—Será mejor que corras, bebé. —Su voz contenía una advertencia falsa.

Me reí, salí corriendo y pateando nieve todo a mi alrededor. Giré para mirar por encima del hombro y mi respiración salió en una gran nube.

¡Maldito sea!

Ni siquiera tenía que correr, sus largas zancadas lo mantenían justo detrás de mí.

—¿Esto ni siquiera es difícil para ti, verdad? —Le grité, sin aire. Corrí más rápido, tropezando con la raíz de un árbol debajo de la nieve y volando de cabeza hacia un montón de nieve.

Caí de cara en la nieve mullida y suave.

—¡Ah! ¡Estaba helada!

Se metió debajo del dobladillo de mi chaqueta y bajó por mi garganta. En el espacio entre mis guantes entre las mangas y las muñecas. Pero sólo caí un segundo porque Boone de inmediato me levantó del frío para ponerme en sus brazos.

—¡Ups! ¿Estás bien, bebé? —La cálida mirada café de Boone viajó por mi rostro con preocupación mientras me quitaba la nieve.

—Sí. Ahora sí. —Me puse de puntas de pie y le besé la nariz. Sus mejillas frías. Sus labios suaves enmarcados por su barba rasposa.

Me encantaba la forma en la que me sentía cuidada por él. Marty se habría reído por mi caída. Lo hubiera tomado como su victoria en la carrera. O peor, me hubiera llamado torpe. Y por supuesto, no me hubiera simplemente levantado del suelo en sus brazos como si no pesara nada, como acababa de hacer Boone. Sin importar lo que pensara de él mismo, no era tan fuerte.

—Ahh, ya veo. —Boone empezó a caminar, todavía me llevaba mientras continuaba—. Esta simplemente era tu estrategia para que te lleve en la caminata.

Me reí.

—No. Puedo caminar.

Él negó con la cabeza, una sonrisa en la comisura de su boca.

—De ninguna forma, hermosa. Ahora estás en mis brazos y no te bajaré. Así que paga tu viaje con una canción.

Pagar con una canción.

Me reí. Estábamos en el medio de la nada. No

había nada más que árboles y nieve a nuestro alrededor.

—Bueno. También tienes que imaginarla con mi guitarra.

—Quiero escucharla *a capella*. Sólo tu voz perfecta, como lo harás esta noche en el concierto. Y cuando lleguemos a casa, te desnudaré, te lo haré bien, y pondré mi guitarra en tus manos para escucharla así también.

Si alguna parte de mí estaba fría por la nieve o el aire fresco, ahora estaba completamente caliente. Me moví en sus brazos, excitada por su promesa. Excitada por su interés en mi música. Excitada por toda la atención que me dedicó que de hecho no se sentía para nada sofocante. Sólo se sintió... bueno, atento.

Respiré profundo, escuchando los acordes de mi guitarra imaginaria en mi cabeza para entrar. Entonces canté una de mis canciones más lentas, una pieza triste que había escrito sobre un día lluvioso y sueños que no se cumplían.

Boone ni siquiera miraba adónde iba. Su mirada estaba fija sobre mi rostro con una atención inmóvil. Asombro, inclusive, mientras le cantaba.

Cuando terminé, me bajó lentamente al suelo.

—Por la luna, ¿escribiste eso tú misma?

Asentí, sintiendo que mis mejillas se calentaban de placer.

—Summer, es asombroso. —Él negó con la cabeza con... ¿asombro?—. Tienes que cantarla esta noche. ¿No tienes un contrato de grabación? —Su mirada había cambiado a determinación—. Te conseguiremos uno.

Dejé salir una risa incrédula.

—¿Conseguiremos? ¿Sólo así?

—Sí. Conozco a alguien de la industria. Un antiguo cliente. Puedo contactarlo. ¿Tienes muestras o una grabación demo o como sea que lo llamen?

Me quedé tiesa. Estábamos en el *bosque*, ¿y estaba haciendo todos estos planes? Parecía que su gran cerebro tenía una idea y la seguía.

—Em. No. O sea, lo tenía, pero Marty tiene mi computadora. Pero no eran los reales de todos modos. Necesitaría ir a un estudio real de grabación para grabarlos, y él dijo... —dejé de hablar, sintiéndome intranquila.

—¿Qué dijo? —Gruñó Boone, rozando mi mejilla fría con su dedo. Él ni siquiera necesitaba guantes.

La ira me inundó. Le había creído a ese idiota. Ahora, con la distancia de un par de meses y de vivir con gente a la que les importo, podía ver que todo era parte de su manipulación.

—Dijo que no estaba listo.

—¿Como si él fuera un maldito juez? —Boone mofó.

—¿Verdad? Sólo era un policía idiota al que le gustaba la música country.

Ups. Podía ver la inteligencia detrás de los ojos de Boone mientras catalogaba el hecho que compartí de que Marty era policía. Tenía que ser cuidadosa de no alentar su deseo de vengarse de Marty, por más que me halagara.

—Esa canción está lista, —dijo—. Estás lista. La gente necesita tu música. Te conseguiremos un contrato y el mundo nunca volverá a ser el mismo. —Se detuvo y giró, así podía ver adónde apuntaba—. Allí están los árboles.

Seguí su dedo para ver un gran territorio de pequeños pinos plantados en filas prolijas.

—¿Estos son bebés? —Le pregunté.

—No son retoños, pero tienes razón, todavía son demasiado pequeños para venderse. Estos árboles tienen unos tres años. Estarán listos en otros tres. —Me bajó a mis pies, tomó mi mano y bajamos una colina. A nuestra derecha había otro gran conjunto de árboles. Era claro ver que estos eran plantados a comparación del bosque natural por el que habíamos pasado desde su cabaña—. Este lote tiene unos cuatro años. Los árboles que están listos para este año están un poco más adelante. —Señaló en dirección a dos cabañas, más grandes que la suya, que tenían humo saliendo de sus chimeneas—. Allí viven Ace y Roy. La casa más grande es donde crecimos y donde vive Ace. El edificio de atrás es el de Roy, que también tiene su taller de carpintería.

Miré hacia arriba para leer su expresión. Sus dos hermanos vivían juntos, pero Boone había elegido construir su cabaña lejos de ellos. Lejos de todos.

—¿No se llevan bien?

La expresión de Boone era rígida. Se encogió de hombros.

—Los abandoné cuando más me necesitaban. Así que sí, hay algunos rencores. Pero igual nos cuidamos el uno al otro.

No tenía hermanos ni hermanas, pero igual el dolor me atravesó por él. Podía sentir su culpa y arrepentimiento, y quería arrancárselo. Darle la oportunidad de un nuevo comienzo. Con sus hermanos. Con la manada. Conmigo.

Conmigo.

Eso se sentía bien.

Yo era su nuevo comienzo. Si creía lo que me decía, y para ser honesta empezaba a hacerlo, entonces estaba dispuesta a hacer algunos cambios. Sonaba a que me necesitaba ser la única que tenía que hacer malabares para tener una relación. Se sentía como si realmente pudiéramos ser compañeros.

¿O eso era sólo lo que decía para atraparme? ¿Me

convertiría en un objeto una vez que se casara o se pusiera en pareja conmigo o lo que fuera que hicieran?

Caminamos por el grupo de árboles hacia los edificios. Se sentía mágico, la nieve suave cayendo sobre nuestras cabezas, los pinos verdes asomándose debajo de una gran capa blanca que los cubría, mientras iba de la mano de Boone.

Por primera vez en años, empecé a componer una canción en mi cabeza.

La nieve cayendo sobre los pinos.
Tu mano sosteniendo la mía.
No hay mejor momento
que este.

Seguí mi racha creativa, y dejé que suene en mi cabeza, ya sabiendo las notas que cantaría.

¿Era una señal haber compuesto la primera canción en años justo después de conocer a Boone?

Se sintió como un buen presagio. Boone me había inspirado. Me hacía sentir segura y, Dios, esperaba que me diera el espacio que necesitaba para ser creativa.

—¿Estás bien? —preguntó—. Estás callada allí abajo.

—¿Allí abajo? —Me reí, inclinando la cabeza para ver sus ojos oscuros—. ¡No soy tan baja! Pero sí, todo bien. Estoy trabajando en una canción en mi cabeza.

Inclinó la suya y sus labios se levantaron con sorpresa.

—¿Sí? Asombroso. No puedo esperar a escucharla.

Ya habíamos llegado más cerca de la cabaña, y Boone dudó antes de golpear la puerta y luego abrirla.

Dos hombres, ambos tan grandes e imponentes como Boone, nos miraron desde la mesa de la sala de estar, donde había algo como bosquejos de muebles.

Nadie saludó. Sólo nos miraron fijo.

—Ey, chicos. Ella es Summer. Mi pareja.

19

BOONE

Mientras cerraba la puerta detrás nuestro, Ace y Roy se levantaron de las sillas y miraron a Summer con una sorpresa cautelosa. Las fosas nasales de Roy se agrandan cuando sintió su aroma.

Me miró con asombro y entrecerró la mirada.

Sí, era humana, idiota. ¿Y qué? Gruñí, apretando el brazo a su alrededor.

Summer se puso tensa y me miró.

Claro. Gruñir podría asustarla. Sobre todo cuando no sabía por qué carajos lo hacía.

—¿Formaste pareja? —Preguntó Ace. Ace tenía dos años menos, era unos centímetros más bajo, y muchos kilos más liviano. Lo que significaba que era grande y estaba muy en forma, pero que no era un gigante como yo. Tenía su cabello oscuro corto y la misma barba. Era rápido para sonreír aunque rara vez era para mí. Por suerte, le ofreció una a mi pareja cuando se le acercó y le dio la mano para estrechársela—. ¿Cuándo? ¿Por qué no nos contaste?

Me encogí de hombros.

—Sólo sucedió.

—¿Te perdiste en el bosque, corazón? —Preguntó Roy. Era el bebé, pero más grande que Ace. Tenía cabello largo, rodeando su rostro, y se lo solía atar, como ahora. No tenía barba, pero fácilmente se demoraba unos días entre afeitadas—. Soy Roy, por cierto. —Le dio la mano a Summer.

Esta es la casa en la que crecí. No me gustaba venir aquí. Era donde vivían mis peores recuerdos. Pero en el tiempo desde que desterraron a nuestro padre, Ace había quitado toda evidencia del hombre y había hecho cambios. Renovaciones. Pintura fresca. Una cocina moderna, y hoy el olor a bife y ajo venía de la olla de cocción lenta sobre la mesada de granito. Nuevos muebles que construyó Roy. Se volvió algo diferente, pero era difícil dejar ir el pasado.

—Hola. Em, no. ¿Por qué? —preguntó.

—Porque nuestro hermano mayor no sale de la montaña, —explicó Roy.

—Nos conocimos en lo de Cody. Soy mesera de tragos allí, —les dijo.

Sus ojos se abrieron grandes.

—¿Fuiste a lo de Cody? —Preguntó Ace, atónito.

Summer nos miró y me froté la nuca; de pronto sentía que algo simple como ir a un bar un sábado por la noche era una locura. O quizás estaba loco.

—Sí.

—Diablos. Ni siquiera logramos que vayas a una reunión de la manada con nosotros y te fuiste hasta la ciudad, —dijo Ace, negando con la cabeza. Miró a Summer. —Nuestro hermano es un poco tímido. No le gustan las multitudes.

Ella se rió y luego me miró. No era una mirada provocadora, sino gentil.

—Oh, lo sé. Hemos estado trabajando en eso, pero incluso logré que fuera a un karaoke.

Mis hermanos quedaron boquiabiertos.

—¿Karaoke? ¿En serio? ¿Un árbol te golpeó la cabeza cuando estabas talando? —Preguntó Roy, sonriendo. Ace se cruzó de brazos y se rió.

Estaba bromeando, pero igual dolía un poco.

Si encontrar a mi pareja es lo mismo que ser golpeado en la cabeza por un árbol, entonces sí. Debería haberlo hecho antes si me llevaba a Summer.

Mis hermanos parecían estupefactos. No los culpaba. No tenía mucha emoción en mi vida, y en los últimos días desde que los había visto, habían pasado muchas cosas.

—Guau, Summer. Tienes una gran influencia en nuestro hermano, —comentó Roy.

Con eso estaba de acuerdo.

—¿Por qué se nos unen esta noche? —ofreció—. Iremos... o sea, seré el primer acto de Barn Cats en Missoula. Yo, em... canto.

—¿Cantas? —Dije—. Bebé, no te achiques. —Miré rápido a mis hermanos—. Es una artista. Escribe canciones. Su voz es sorprendente, y no soy para nada tendencioso porque sea mi pareja. Natalie también lo cree. El resto de Wolf Ranch que estaba allí anoche también lo cree.

Sus ojos se abrieron grandes. No estaba segura de si era porque estaban impresionados porque Summer fuera tan talentosa o porque estaba enloquecido con una mujer. Y porque había estado en la ciudad. En lo de Cody. Dos veces. Y había encontrado a mi pareja.

Muchas sorpresas de una vez.

Apenas pasaba a visitarlos a menos que habláramos de negocios o que Ace preparara su famoso chile.

—Será una maldita estrella, —les dije, y Summer se sonrojó. La envolví con el brazo y besé la parte superior de su cabeza—. Vengan a escuchar y estarán de acuerdo.

Ace y Roy se miraron.

—No nos lo perderíamos, —dijo Ace.

Roy asintió.

—Recógenos de camino a la ciudad. Quizá también encontremos a nuestras parejas.

20

SUMMER

Estar en el escenario de nuevo se sentía asombroso. No sabía por qué me había negado a volver a cantar si era tan natural para mí como respirar. Las luces. La multitud. Todo.

Mientras cantaba la tercera canción en el escenario de Boondocks, un gran bar de country / lugar de espectáculos en Missoula, miré a la muchedumbre y absorbí su energía. Mis amigos se habían acomodado cerca del escenario. Habíamos conducido en la gran camioneta de Boone con Ace y Roy, siguiendo a Natalie, Rand y al resto de nuestros amigos.

Boone estaba sentado en el frente, al medio, rodeado por sus hermanos. Los tres estaban llenos de músculos y un aire protector, como si fueran mis guardaespaldas. Natalie y sus compañeras de banda también estaban allí, junto con Rand, Cody, Riley, Rob, Willow, Colton, Marina, Johny y Emma.

Me puse un atuendo que Natalie me ayudó a elegir, una falda rosa de denim con medias negras de red y un top corto y negro. Me puse mi sombrero negro de vaquera con la banda rosa que combinaba con la falda. A diferencia de Los Ángeles, me camuflaba bien en Montana.

Terminé la última nota y la multitud se enloqueció. Era lunes por la noche, así que no pensé que alguien llegaría a escucharnos tocar, incluso en una ciudad grande, pero el lugar estaba lleno y sobre todo los hombres se enloquecían por mí, silbaban y gritaban por más.

Un tipo borracho se acercó al escenario.

—Toca una canción para *mí*, corazón. —Agachó su cabeza como si intentara mirar por debajo de mi mini falda de denim.

Algo de ansiedad me molestó en las costillas y me equivoqué en el siguiente verso, por lo que tuve que recomenzar. Esto saldría mal. ¿Boone empezaría una pelea? ¿Me culparía por el comportamiento de este tipo? ¿Qué tan feo se pondría?

Tenía al menos una decena de malos recuerdos iguales a este en los que Marty se ponía violento cuando atraía la atención de los hombres. Recuerdo el evento y luego las repercusiones los días siguientes.

Boone ya se paró, su gran forma se movía con la agilidad de un gato.

—Mantente alejado de mi chica, amigo. —Tiró al tipo hacia atrás con una mano pesada sobre su hombro, lo giró y lo empujó para mandarlo hacia la dirección de dónde vino.

Cuando Boone volvió a girar para asegurarse de que el tipo no me molestara más, me guiñó el ojo.

Un guiño.

No estaba enojado. Me defendía. El calor se expandió en mi pecho. Suspiré, dejando salir una respiración que no me había dado cuenta que estaba conteniendo.

Mi hombre-lobo era protector. Hasta posesivo. Pero no parecía culparme por la atención que me daban como lo había hecho Marty.

Terminé la canción con una sensación renovada de... libertad y bajé la cabeza ante el aplauso. No podía dejar de sonreír. Dios, ¡se sentía maravilloso!

—Muchísimas gracias. Ahora, creo que es hora de darles el escenario a Barn Cats, —dije.

—¡Canta otra canción! —gritó un tipo desde el fondo.

—Otra canción, —comenzó a repetir otro. Más se

les sumaron e incluso agregaron pisadas fuertes con emoción.

Cuando me di cuenta de que hasta Natalie y los Barn Cats estaban alentándome, me reí y pasé la púa de la guitarra por las cuerdas.

—¿Quieren otra canción? —Le pregunté, sonriendo.

—¡Sí! —gritaron y aplaudieron. Algunos silbaron.

Guau. Este tipo de atención podría irse rápido a mi cabeza. La respuesta era una locura.

Miré a Boone a los ojos y me sonrió, asintiendo para darme aliento.

—Bueno. Esta es una canción que escribí acerca de la amistad y la diversión, —dije, empezando a tocar a un ritmo rápido.

Natalie me alentó porque sabía cuál iba a cantar. Era en parte una canción que escribí cuando estábamos en la universidad sobre salir con amigos y pegaba a la perfección con la energía de un bar.

Riley levantó el teléfono, tomando fotos o filmando cuando empecé. Para cuando terminé, tenía a la mitad del bar cantando el estribillo; Natalie los guiaba porque se sabía la canción de memoria.

Todos estaban de pie. La multitud alentaba y les agradecí, saludando; luego me bajé del escenario.

Boone estaba allí para tomar mi guitarra y envolverme en un abrazo gigante.

—Eso estuvo genial, bebé. —El ruido era fuerte, pero lo escuché igual—. En serio. Eres de otro nivel.

La adrenalina me recorría y me sentía tan bien. Pero siempre era crítica de mí misma.

—Bueno, me equivoqué un par de veces.

—Estuviste perfecta, —dijo con firmeza—. Nadie notó ninguna equivocación. No noté nada. Y si lo hicieron, a nadie le importó porque estuviste realmente *perfecta*.

Perdí el aliento con sus halagos. Las lágrimas invadieron mis ojos. Lágrimas buenas. Las limpié y le sonreí.

Boone era tan distinto a Marty. Mi ex solía señalar todas las cosas que podría haber hecho mejor. Todos los errores que había cometido. Actuaba como si fuera mi representante y me estuviera ayudando a mejorar. De pronto me di cuenta de que nunca habíamos sido iguales. Marty se percibía como mejor que yo. Más grande, inteligente, sabio. Me iba a «ayudar» con mi carrera. Pero en realidad todo lo que había hecho era aplastar mi espíritu.

Boone era un compañero. Podía ser muchísimo más inteligente que yo. Definitivamente era más fuerte. Más rápido. Y extraordinario. Pero no actuaba como si fuera mejor. Me había dejado atarlo. Ponerle reglas. Quería que me sintiera a salvo con él igual que yo quería simplemente estar juntos sin que tuviera que ser cauteloso.

—Todos se enamoraron de ti, —dijo Boone, besándome en los labios—. Incluido yo, y ya estaba completamente enamorado.

Si hubiera sido luz, habría brillado tanto que necesitarían gafas de sol.

Los miembros de Barn Cat pasaron a mi lado para subirse al escenario y me felicitaron.

—Será una presentación imposible de seguir, —dijo una de ellas—. Natalie, ¿por qué no abrimos para *ella*?

Me sonrojé ante el halago y Boone me apretó.

Nuestros amigos me colmaron de felicitaciones cuando me senté y los Barn Cats ocuparon el escenario. Ace levantó la mano y le choqué los cinco. Roy me guiñó el ojo.

Esto era lo que me había perdido estando casada. Marty me había aislado de mis amigos y familia. Me había sentido tan sola. Ahora volvía a tener una comunidad. Tenía una familia.

Pero Boone se había estado aislando por su cuenta antes de conocernos. Incluso de sus propios hermanos. Se estaba castigando por su pasado. Sabía por mi experiencia personal lo terrible que era no sentirse conectada con la gente que te amaba. No iba a dejar que Boone se siguiera aislando.

—Eso fue épico, —me dijo Riley cuando se acercó
—. Publicaré el video en las redes sociales. —Me
mostró en la pantalla de su celular el video de cuando
tocaba la última canción—. ¿Tienes una cuenta que
pueda etiquetar?

Negué con la cabeza. Dios, me había olvidado por
completo de cómo venderme a mí misma. No tenía ni
la más mínima idea de dónde empezar y no había
tenido la energía para hacer nada más que presentar
los papeles de divorcio, venir a Cooper Valley y ganar
algo de dinero para reponerme.

—Abramos una esta noche, —sugirió Boone.

—¿Qué? —Me reí.

—Sí, bebé. Como serás famosa, necesitarás una
forma para comunicarte con tus fanáticos. —Tomó mi
teléfono de mi bolso y puso la pantalla frente a mi
rostro para desbloquearlo—. La empezaré por ti.

Mientras los Barn Cats tocaban su primera
canción, en un tiempo rápido con Natalie tocando la
melodía en el violín, mi brillo se intensificó. Me sentía
tan cuidada. Tan apoyada. De repente, todo se sentía
posible. Incluso la realización de mis viejos sueños que
había dejado apagarse y morir.

21

BOONE

POR UNA SEMANA, las cosas fueron fantásticas. Cuando Summer trabajaba en lo de Cody, la iba a buscar y llegaba un poco temprano para ayudar a limpiar. Luego pasábamos la noche en su casa en el rancho de Rand y Natalie. Una noche, reemplacé la cama con una que Roy había hecho recientemente. Estaba hecha de troncos que yo había talado y tallado, lo suficientemente robustos para soportar cualquier tipo de noche apasionada.

Cuando Summer tenía el día libre, nos quedábamos en mi cabaña en la montaña. Podría haberme sentado a mirarla todo el día. Dios, podría haberla tenido en la cama, desnuda, y nunca dejarla ir.

Pero tenía árboles para talar, y ella canciones que escribir. Me gustaba saber que después de un día de trabajar duro afuera, la tenía esperándome en casa.

Con su música. Sus sonrisas. Sus gritos de placer cuando siempre la satisfacía.

Ella era menos miedosa, su cautela empezaba a desvanecerse con cada día que pasaba. Estaba probando con mis palabras y acciones que podía confiar en mí, que sólo pensaba en lo mejor para ella.

Que mientras ella era mía, yo también era suyo.

Un día brillante y soleado, una semana después de la presentación, regresé al taller de Roy para encontrar a Riley sentada con Summer en la mesa de la cocina. Tenían tazas de chocolate caliente frente a ellas.

Ambas miraron hacia arriba cuando entré, moviendo las botas para quitarme la nieve y sacándome la chaqueta.

Me senté en el banco junto a la puerta y me las quité mientras saludaba a Riley.

—Esta es una linda sorpresa, —dije—. ¿Los dos se están quedando en lo de Cody aquí en la montaña?

Ella asintió y sonrió.

—Sí, por dos noches. Cody se está tomando un muy merecido descanso.

Luego se sonrojó y no hubo forma en que Summer o yo no lo notáramos. Su descanso definitivamente incluía mucho sexo.

Me paré en medias y me acerqué a Summer; me incliné para besar la parte de arriba de su cabeza, listo para un poco de ardor propio.

—Riley vino a decirme que mi canción se volvió viral, —anunció Summer, brillando.

Miré a la mujer más joven, que parecía más que emocionada.

—¿Sí?

Riley asintió y sonrió, luego giró el teléfono para mostrármelo.

—Es una locura. Subí un video corto justo después del evento la semana pasada. Luego agregué algunos más. El primero, la última canción divertida que tocaste, tiene más de un millón de reproducciones. ¡Y siguen subiendo!

Miré a Summer esperando que tuviera el entusiasmo de su amiga.

—Te dije que a todos les gustaría, —dije.

Riley no era la única loca por la música de Summer y la estaba ayudando a promocionarla. La mañana después del concierto, me contacté con Sara Mayes, una antigua clienta que era productora musical, con los enlaces a la publicación original de Riley. Ella es de quien había hablado con Summer, pero no le había dicho que la contacté. Me encantaba su emoción y su nuevo interés en escribir canciones y no quería afectar nada de eso si a Sara no le interesaba.

—La gente está usando el video de tu música para sus propias publicaciones, —dijo Riley con los ojos en el teléfono—. No miro tanto las redes sociales como algunas de mis amigas, pero hasta yo sé que esto es una locura.

—No estoy segura de qué...

Me sonó el celular en el bolsillo de mi camisa leñadora. Lo saqué y vi que Sara estaba llamando.

—Ey, Sara.

—Boone. Me alegra encontrarte. Guau, la mujer que me compartiste, está en llamas.

Miré a Summer, que ahora charlaba en voz baja con Riley, sus cabezas juntas mientras miraban el teléfono.

—Te lo dije —le contesté a Sara.

—La escuché y me encantó de inmediato, pero tenía que ir a grabar a Jamaica y acabo de regresar.

—Qué vida difícil, —murmuré, pero lo suavicé con una risa.

—Gracias a ti, —me respondió—. Volví a ver la publicación en el avión y, dios mío, había despegado. ¿Cuántas llamadas ha recibido?

—¿Llamadas?

—De productores. Estoy segura de que me la he perdido.

—No, no es así. Está abierta a escuchar lo que tengas que decir, estoy seguro.

Maldición, estaba tan orgulloso de Summer. Su música era deseada por un talento que no parecía saber que tenía. Lo había ocultado tanto tiempo que dudaba de ella misma. Esperaba que ahora, con la ayuda de Riley, pudiera ver que no era sólo en un bar en Cooper Valley o un recital en Missoula donde gustaba, sino en todo el mundo.

—Eso es genial. —Pero luego frené, pensando en lo que había hecho—. Sara, ¿tú no estás interesada porque piensas que me debes un favor, verdad?

Ella se rió.

—Boone. Sí te debo un favor. Más de uno, ¿pero esto? ¿Ella? No. No le daría un contrato musical a alguien que apeste. También arriesgo mi trasero.

Suspiré.

—Bueno. Claro. ¿Quieres hablar con ella?

—¿Está allí?

—Es mi chica, —dije.

Riley y Summer levantaron la mirada con eso.

—Guau, Boone. Me alegra por ti. Y sí, quiero hablar con tu futura novia super estrella.

Le pasé el celular a Summer.

—Alguien quiere hablar contigo.

Summer tomó el teléfono con el entrecejo fruncido.

—¿Hola?

Riley se paró y se acercó.

—¿Está todo bien?

—Ah, sí. Es una amiga que...

—¿QUÉ? —Gritó Summer y se paró de golpe—. ¿Quieres un demo? Sí, puedo armarlo. Totalmente. ¡Oh por dios!

Si no supiera quién estaba en el teléfono y qué le estaban ofreciendo, habría entrado en pánico. Summer estaba conmocionada y agitada y... mierda, llorando.

—Sí. Yo... sí. ¡Oh por dios! ¡Sí! ¡De inmediato!

Me gustó lo que le estaba diciendo a Sara, pero quería que me lo dijera a mí cuando la hiciera venirse la próxima vez.

Ella colgó y giró para verme. Se quedó mirándome, una lágrima se deslizó por su mejilla, y tenía una sonrisa en el rostro.

—¿Qué? ¿Qué sucedió? —Preguntó Riley.

Summer se lamió los labios y la miró.

—A tu video lo vio una productora. Quiere un demo para decidir si me dará un contrato. Puede que me den un contrato de grabación.

Riley abrazó a Summer y empezó a saltar. Sonreí.

No recordaba la última vez que la vi así de feliz. Estaba tan feliz porque mi chica estaba contenta. Sus sueños eran mis sueños y los había hecho realidad de la forma que pude.

22

SUMMER

ME CANTÉ a mí misma mientras preparaba la cena y Boone se duchaba. Eran sánguches de queso y sopa que había encontrado en el congelador en un recipiente que decía SOPA. Mientras se descongelaba, descubrí que eran bife y vegetales, y el aroma intento llenó la cabaña. Riley se había ido después de prometerme mantenerme al día.

Puede que me den un contrato de grabación.

A mí.

Me llevé la espátula a la cara como si fuera un micrófono y canté un par de versos antes de voltear los sánguches derretidos y mantecosos.

Estaba feliz. Realmente, muy feliz.

Un contrato de grabación.

Un CONTRATO DE GRABACIÓN. Esperen. En nuestro paseo en la nieve la semana pasada, Boone había mencionado a alguien en la industria. ¿Era esta persona, Sara? Estaba tan emocionada y conmocionada que no lo había pensado hasta ahora.

Apagué el fuego debajo de la sopa y de los sánguches de queso y fui hasta la puerta del baño. Podía escuchar que corría el agua. Toqué suavemente y entré. La habitación estaba cálida y llena de vapor.

—¿Boone?

Él sacó la cabeza por el costado de la cortina de baño. Su cabello estaba mojado y enjabonado, saliendo en todas las direcciones.

—¿Está todo bien?

—Sí. Estaba pensando... —me senté en la tapa baja del inodoro.

Él volvió a acomodar la cortina y probablemente se enjuagó el champú del cabello.

—¿Quién es esta Sara? —Estaba demasiado emocionada para recordar su apellido.

—Sara Mayes, —dijo.

El baño tenía paredes blancas, azulejos blancos que cubrían el suelo y subían por las paredes, y un tocador de mármol. La tina con patas parecía antigua, como si la hubiera encontrado en algún lugar e instalado para que pareciera vintage. Funcionaba. Se unía a la perfección con el estilo de la cabaña. Una alfombrilla de baño oscura estaba debajo de mis pies.

—Claro. La mencionaste antes. ¿Entonces la contactaste?

El agua se cerró, y unos segundos después, la cortina a rayas marrones y blancas se abrió del todo.

Allí estaba Boone. Desnudo. Mojado. Dios, era hermoso.

Se paró sobre la alfombrilla y tomó una toalla del toallero.

—Sí. Era una clienta mía cuando trabajaba en Nueva York. Pensé que podría interesarle. —-Se pasó la toalla por el cabello, secándolo, pero hizo que se parara para todos lados.

Una vez seco, envolvió la toalla alrededor de su cintura.

Sentada, yo era mucho más baja.

—Ella, em, ¿no lo está haciendo sólo porque son amigos, verdad?

Claro que, ¿qué me importaba? Un pedido de un demo era un pedido de un demo, incluso si mi hermoso leñador movía algunos hilos por mí. Pero sólo quería saber qué sucedía.

Tomó mi mano y me sacó del baño. Me senté en la cama mientras él iba al vestidor, que por supuesto había construido Roy, y buscaba unos bóxers. Se quitó la toalla y se los puso, dándome una vista muy linda de su trasero firme antes de cubrirlo con algodón a rayas.

Me olvidé de lo que le había preguntado y quizás hasta mi nombre mientras lo miraba.

—No. Hasta se lo pregunté cuando me llamó. Ella dijo que no contrataría a nadie a quien no pudiera apoyar plenamente.

—¿Cuánto la conoces? —Todavía intentaba entender cómo me había conectado con una *productora musical*. Fue increíble.

—Bueno... —su rostro se ensombreció.

Recordaba que había dicho que se fue de su trabajo por algún problema. ¿Era parte de eso?

Volteó, se acercó a la mesa y se sentó a mi lado. La cama se hundió tanto que me caí contra él Su piel estaba cálida y húmeda, incluso a través de su camiseta.

—Trabajé para un fondo de inversión importante, moviendo el dinero de los ricos. Ella era una de mis clientes.

—¿Pero?

Me sonrió con tristeza.

—Me conoces bastante bien.

Estiré la mano y le devolví la sonrisa.

—En eso estoy.

—Trabaja para una gran productora de Nueva York. Una vez, vino a mi oficina y noté que algo andaba mal. Estaba inquieta y nerviosa. Quizás fue por mi genial personalidad, pero logré que me contara lo que la molestaba.

—¿Tu genial personalidad? —Sonreí—. Continúa.

—Dijo que tenía un acosador y que pensaba que la había seguido en el camino. Creía que era un músico al que había rechazado. Se había obsesionado con ella. Dijo que probablemente fuera inofensivo, pero notaba que estaba muy asustada.

—Eso es horrible.

—Le dije que la acompañaría y que hablaría con el tipo si lo veíamos. —Se encogió de hombros—. Soy un hombre grande. Puedo ser persuasivo.

—Por supuesto que lo hiciste. —No conocía a Boone hacía tanto, pero todo acerca él sugería que era un caballero, incluso con mujeres con las que no salía. No había dudas de que se ofrecería a protegerla.

Respiré profundo y exhalé.

Giré y doblé la rodilla para mirarlo.

—¿Qué pasó?

Asintió, mirándose las manos. Su cuerpo era tan grande, con músculos tan marcados que lucían escul-pidos. El cabello oscuro de su pecho era suave. Su piel era cálida. Era grande, pero gentil. Feroz, pero... Dios. Protector.

—Salí con ella y nos paramos en el frente mientras esperaba un taxi. Por supuesto, lo vimos inclinado contra el edificio del frente. Actuaba como si no lo hubiéramos visto y cruzamos, fingiendo tener una conversación. Cuando nos acercamos, se metió en un callejón.

Lo perseguí. Soy rápido. Mucho más que un humano.

Mi corazón latía contra mi pecho por la historia, aunque había pasado hacía años. Se sentía como si algo malo hubiera ocurrido. Algo de lo que Boone se arrepentía. Mi corazón sintió lástima por él por anticipado.

Dios, ¿esto era amor?

¿Ya estaba enamorada de este hombre?

Lo estaba. Oh por dios. Lo estaba.

—¿Entonces qué? —Lo alenté cuando dejó de hablar. Estaba sin aliento.

—Bueno, lo atrapé.

¿Por qué Boone lucía tan triste?

—Él... em, tenía un cuchillo y me apuñaló.

Apreté su mano.

—¿Qué?

Se encogió de hombros.

—Fue una herida superficial. Pero mi lobo enloqueció. Ya sabes, estaba viviendo en una gran ciudad. Mi lobo no salía a correr lo suficiente. Te conté sobre las corridas de luna llena, pero a veces tenemos que correr para descargarnos. Nos hace sentir mucho mejor, pero es casi imposible hacerlo en Nueva York. Había estado viviendo entre humanos, pensando que estaba perfectamente a salvo, pero cuando atrapé al tipo, perdí el control. Era lo mismo que cuando peleé con mi papá, sólo que este tipo no era lobo.

Me quedé mirando a Boone con ojos grandes, casi con miedo a escuchar lo que seguía.

—¿Lo mataste? —Logré preguntarle.

Boone frotó su barba con una mano.

—Casi. Podría haberlo hecho. Con facilidad. Lo estaba golpeando. Sara gritaba mi nombre, e intentaba lograr que parara. —Él negó con la cabeza—. Luego, mierda, podría haberla lastimado...

Esperé, pero Boone dejó de contar la historia. Miró fijo hacia adelante sin enfocar, como si reviviera el momento.

—¿Qué pasó? —Susurré.

Él bajó la mirada al suelo y luego a mí. El arrepentimiento apareció en su expresión.

—Se interpuso entre nosotros —negó con la cabeza—. Eso fue tan peligroso, maldición. Pero supongo que mis instintos de protección fueron más fuertes que los destructivos, y finalmente me controlé. Él terminó en el hospital con todo tipo de cosas rotas.

Tragué saliva.

—¿Te arrestaron?

Él negó con la cabeza.

—No. Quedó como legítima defensa. Todos lo cele-braron como si yo fuera alguna especie de héroe. ¿Puedes creerlo? A mi jefe le encantó, pero no impor-taba. Sabía que ya me había cansado de Nueva York.

Fruncí el ceño.

—¿Qué quieres decir?

—O sea, estaba mal. Lo que había sucedido. Yo, perdiendo el control así. Me di cuenta de que era un peligro para los humanos a mi alrededor. No me había transformado de forma espontánea, pero igual le había soltado la correa a mi lobo. Había mostrado una fuerza extraordinaria. Además, la herida de ser apuñalado se había sanado en días, y tenía que fingir que no era así. Era un desastre y me di cuenta de que tenía que mantenerme alejado de la civilización.

—¿Sara sabe que eres cambiaformas?

Él negó con la cabeza.

—No. Como dije, no me transformé. Ella sólo pensó que era realmente fuerte. Y quizás un poco loco.

—¿Entonces te mudaste aquí por eso? O sea aquí en la montaña, aislado.

Asintió.

—Casi maté a otra persona a golpes.

Pensó que era un peligro para la gente. Después de lo que le hizo a su padre y luego a este otro idiota.

—Oh, Boone. —Tomé su mano—. No eres un peligro para la civilización. Sabías que te contendrías.

Cuando Sara se interpuso entre su acosado y tú, te detuviste. Eres un protector.

Me di cuenta entonces que Boone no podía ser más opuesto a Marty de lo que había imaginado. Boone había sido tan intenso en un comienzo cuando recién nos conocimos. Me mostró su poder entonces y constantemente después. Rompiendo la cama. Llevándome por el bosque. Conteniéndose una y otra vez para asegurarse de que estuviera bien, de que pudiera confiar en él.

Marty había sido dulce y amable al principio. Encantador. Me conquistó con sonrisas y regalos y buenas mentiras. Luego, su verdadera personalidad apareció. Oscura. Egocéntrica. Malvada.

Boone siempre me mostró su verdadero ser. Incluso cuando era difícil admitir cosas sobre sí mismo. Nunca las escondió. Ni una vez dudó, y era sorprendente.

Marty las ocultó y era horrendo.

Me estaba enamorando de Boone y empezando a amar ser su pareja. Puede que haya lastimado a ese pendejo en Nueva York, pero sabía que yo estaba a salvo con él.

Él negó con la cabeza.

—No. No puedo controlarme a mí mismo y a mi fuerza. Me enloquezco. Me vuelvo salvaje. Soy peligroso.

Me paré para estar frente a él y luego me subí a su regazo. Sus manos se fueron a sus caderas mientras apoyaba las mías en su hombro.

Esperé a que sus ojos oscuros vieran los míos. Vi allí su dolor. Su culpa. Su miedo. Su preocupación. Tenía miedo de lastimarme, lo que significaba que sólo yo podía aliviar todos esos sentimientos. Dejarlos ir y que quedaran atrás. Si yo estaba empezando de nuevo, él también podría.

—Hiciste lo correcto. Protegiste a Sara cuando lo necesitaba. Te rebelaste contra tu papá cuando te hostigaba.

—Golpeé a un hombre.

—Sí, bueno, ¡él te apuñaló! Y podría haber apuñalado a Sara o algo peor. Se lo merecía.

Boone se quedó atónito, pero callado.

—Se lo merecía, —repetí. Tomé sus mejillas en mis manos—. *Se lo merecía.*

Sus ojos oscuros buscaron los míos por un minuto; luego sus hombros se bajaron. Su frente descansó contra la mía.

—Bebé, gracias.

—Ya no tienes que seguir en este aislamiento autoimpuesto, Boone, —le dije.

Sus cejas se levantaron.

—Estás llevando mucha culpa sobre tus hombros.

¿Y si simplemente fuera hora de... soltarla? ¿Dejarlo ir? ¿Volver a la tierra de los vivos?

—¿La *tierra de los vivos* te tiene en ella? —Su voz se quebró un poco.

Asentí.

—¿Sí? —La comisura de su boca se levantó.

Tragué saliva y volví a asentir. Mi corazón latía contra mi pecho en reconocimiento de lo que me estaba preguntando.

—Yo... me he enamorado de ti, Boone.

—¿Incluso... incluso sabiendo lo que hice?

Asentí; luego tomó mis caderas y giró, acostándome sobre la cama con él encima de mí. Sonreí ante la facilidad y gentileza con la que me movía.

—Te amo, Summer.

Me quedé sin aliento mientras sus labios descendían y me besó como si quisiera devorarme.

23

BOONE

SUMMER arqueó su dulce cuerpo para encontrar el mío mientras chocaba mis labios contra los suyos. Me dije a mí mismo de ser delicado, pero el mensaje no le llegaba a mi cuerpo desde mi cerebro. La necesidad de reclamarla me tenía afiebrado, pero era más que bioló-gico. Parecía que le gustaba. Que anhelaba el contacto tanto como yo.

Era amor. Esa emoción tan humana que de alguna forma había evitado hasta ahora.

Ella era mi pareja, pero también estaba locamente enamorado.

Summer me veía. Veía mi verdadero yo. No quien yo pensaba que se suponía que fuera ni que debiera ser, sino quien realmente era. Me veía y conocía mis equivocaciones, pero seguía queriendo estar conmigo. Veía mis heridas y quería ayudarme a sanarlas.

No me tenía miedo. Summer, la mujer que tenía un ex idiota.

—Bebé, te necesito, —me encontré diciendo momentos antes de romper la camiseta en dos.

Intenté controlar mi fuerza, calmar mi agresión, pero el aroma de la excitación de Summer invadió la habitación y me perdí.

Gracias al cielo sólo llevaba mis bóxers.

—Me tienes, —murmuró, ayudándome a desabrochar su sostén. Gracias al cielo también por esos ganchos frontales.

Le desabroché los vaqueros y los saqué de sus caderas junto a sus bragas.

—Ay, *maldición*. Su risa era entrecortada.

—Necesito estar dentro ti. Hacértelo. Hacer que te vengas. Perdí toda habilidad para razonar. Las palabras crudas simplemente caían de mis labios.

—Yo también necesito eso. —Ella separó bien las rodillas para mí.

Gruñí, bajando con besos por su cuerpo.

—Gracias al cielo. —Mi verga latía, formando una carpa con mis bóxers. Bajé la cabeza entre sus piernas para darme un festín allí, succionando y lamiéndola con tanta pasión que perdí toda insinuación.

No pareció importarle. Sus caderas se levantaron y se retorcieron, y sus gritos se volvieron más desesperados.

Empecé por deslizar un dedo dentro de ella, pero tiró de mi cabello. Levanté la mirada hacia su cuerpo desnudo para ver sus ojos azules. Ella negó con la cabeza.

—No. Quiero tu verga. Te quiero adentro de mí.

Ay, maldición. No tenía que pedírmelo dos veces, lo que mi chica quería, lo tenía.

Me levanté para sacarme los bóxers.

La habitación dio vueltas. El calor emanaba de mí en olas. Sabía que mis ojos debían estar brillando de un color verde claro, mostrando a mi lobo.

Pero Summer no parecía asustada. Lucía tan delirante como me sentía.

Volví a subirme a la cama y levanté una de sus rodillas hacia su cuerpo para darme un acceso total. Su vagina estaba resbaladiza, rosa, y olía tan bien.

—¿Quieres esta verga? —Gruñí, frotando la cabeza sobre su hendidura hinchada.

—Sí, —gimió, levantando las caderas.

Antes de siquiera poder controlar mi fuerza, la atravesé con mi erección.

Ella gritó, su cuerpo se levantó de la cama antes de poner mi mano sobre su garganta. No sabía que me gustaban los collares de manos, pero ahora no había lugar a dudas.

—Chica hermosa, —murmuré, obligándome a formar arcos más lentos entrando y saliendo de ella—. Mi increíble, talentosa, bondadosa, hermosa pareja.

Ella sonrió antes de que su boca se abriera grande y su cabeza cayera hacia atrás cuando empujé más profundo.

—Boone, —gimió. Sus músculos internos apretaron mi verga como un guante apretado.

—Mierda, —balbuceé.

Ella volvió a apretar y mi control desapareció.

—Mierda, bebé. —Me moví más fuerte contra ella. La habitación empezó a girar a nuestro alrededor—. Mierda, mierda.

Volvió a apretar los músculos, alentándome a seguir.

—Destino. Te sientes tan bien, no puedo... yo... Summer, —perdí la cordura. Necesitaba marcar a mi pareja. Hacerla mía.

Nada más tenía sentido.

—¿Me marcarás? —Gimió Summer.

Pestañé varias veces, fuerte. El sudor caía de mi frente. Nuestros cuerpos formaban ondas juntos en una piscina resbaladiza.

—¿Qué?

¿Te escuché bien? ¿O mi lobo me estaba engañando?

¿Ella me *preguntó* si la marcaría?

¿O me había vuelto salvaje?

Summer no sabía nada acerca de reclamar. Todavía no le había explicado qué era una mordida de apareamiento porque había sido tan asustadiza, sobre todo con la idea de pertenecerme. Era entendible después de lo que había pasado. Pero sabía que yo era un cambiaformas. No había tenido que contarle eso.

Debe haber notado mi confusión porque me explicó,

—Natalie me lo contó.

Gracias al cielo. De hecho, estaba aliviado de que lo supiera, sobre todo ahora mismo cuando tenía las bolas dentro de ella. Tendría que recordar pedirle una lista de todo lo que su amiga le había enseñado. Llenar cualquier vacío para que no hubiera nada entre nosotros.

—Necesito... —No podía formular otras palabras para terminar la oración. A mi verga no le interesaba porque mi cuerpo estaba en piloto automático, chocando contra Summer como si fuera mi boleto al cielo—. Necesito... necesito... —La desesperación me invadió. ¿Y si me volvía a equivocar? ¿Y si mi lobo había tomado el control otra vez o me volvía salvaje? ¿Y si ella no quería esto?

—Deja de pensar, bebé, —me dijo—. Hazlo.

—¡Summer! —Grité, ya sea dándole una última oportunidad de cambiar de parecer o diciéndole de alguna forma que no estaba seguro de poder contenerme un segundo más.

—¡Márcame, Boone! —gritó.

El pánico me recorrió. No podía; la lastimaría. Mi lobo era muy peligroso. Él podría...

No importaba lo que pensara porque mis colmillos ya se habían elongado, listos para embeber mi esencia de forma permanente en su piel.

—Ss... —intenté decir su nombre. Quería entrar en razón con Summer. Conmigo mismo. Quería ir más lento, pero no podía.

—Lo digo en serio, —me respondió—. Hazlo.

Era demasiado tarde. Mis bolas se contrajeron. El semen bajó por mi tronco. Mi vista se volvió negra y luego sentí un gusto a sangre mientras mordía su hombro.

¡Summer!

Ella convulsionó debajo de mí, gritando.

Espera... no. ¿Gimió?

Los músculos internos de Summer latían alrededor de mi verga, sacándole la leche de mi descarga. Estaba llegando al orgasmo. Por dios santo, estaba viniéndose y gritando mi nombre. Se retorcía debajo de mí con placer. Le sacaba la leche a mi verga para llenar su vagina de más de mi semen.

Con cuidado, con gentileza, saqué los colmillos de su músculo trapecio mientras acariciaba entrando y saliendo de ella con movimientos lentos. Estaba tan llena de semen que se chorreaba, nos cubría. La cama.

—Bebé, —dije como un graznido. Lamí la sangre, usando mi salida para acelerar el proceso de sanación —. Mierda, bebé. ¿Por favor dime que estás bien?

Levanté la cabeza para ver mejor su hermoso rostro.

—Estoy bien, —gimió Summer, una sonrisa post coito en su rostro, como si estuviera ebria y feliz.

—¿Lo estás? Maldición, no planeaba marcarte esta noche. Sé que tenías dudas sobre reclamarte y respeto eso y...

Summer llevó sus dedos a mis labios.

—Estoy bien. Lo quise. Como dije, Natalie me explicó todo.

Se me cerró la garganta de emoción. Gracias al cielo. Estaba bien. No la había lastimado. Al menos no mucho.

—¿Qué... qué te explicó?

—Que ahora me perteneces. —Summer levantó el mentón. Levantando la cabeza, peinó mi cabello húmedo hacia atrás. Su caricia fue suave, y supe que se sentía igual que si hubiera acariciado a mi lobo por primera vez.

Me quedé mirándola fijo. ¿Ella me estaba reclamando *a mí*? El alivio y la celebración colmaron desde mi corazón hasta mis extremidades. No pude evitar reírme.

—Claro que te pertenezco, bebé. Te pertenezco. Cada vez que respire será por ti.

Sus ojos se llenaron de lágrimas y la preocupación me volvió a invadir. Fruncí el ceño; mi mirada la recorrió.

—¿Empieza a doler? ¿Te lo hice demasiado bruto?

—No. —Dejó salir una risa llorosa—. Estoy feliz y me gusta duro.

Mi verga se despertó dentro de ella porque a mí también me gustaba duro. O al menos como acabábamos de hacerlo. Mientras aprendía qué la hacía feliz, aprendía qué me hacía feliz a mí.

—Mierda, bebé. Estoy tan feliz. Mi lobo está feliz. —Salí lento de ella; mi mirada recorrió su rostro y memorizó cada detalle perfecto—. Eres mía, —susurré.

Esta vez, en vez de asustarse o sobresaltarse, asintió; su palma bajó hasta un lado de mi rostro. Giré la cabeza y la besé.

—Soy tuyo. Eres mía. Este es nuestro comienzo.

Este era nuestro comienzo. No podía creerlo. Era casi demasiado bueno para ser real.

Pero mi lobo se había calmado. Estaba totalmente unido a mi pareja, unido y protector y necesitado de proveer, pero esa desesperación salvaje se había ido. No me volvería lunático.

—Pero creo que la cena se nos enfrió, —dijo.

Me reí.

—A la mierda con la cena. Me daré un festín contigo.

E hice justamente eso. Más de una vez.

24

SUMMER

Estaba feliz. Realmente no podía recordar haber sido
tan feliz. Tenía amigos. Natalie, por supuesto, pero
también todo el grupo del Rancho Wolf me había recibido. No era porque fueran todos cambiaformas,
porque no era el caso. Audrey y Marina eran hermanas
y humanas. Charlie y Becky y Riley y... podía continuar, pero los nombres no importaban. Todos eran mis
nuevos amigos.

—Otra jarra, por favor y gracias, —pidió un tipo
con una camisa y sombrero de vaquero mientras me
guiñaba el ojo. Era sábado por noche de nuevo; el
tiempo se movía rápido cuando tus días y noches
estaban llenos de sexo y amor y pertenencia. Aunque

estaba nevando afuera, el lugar estaba lleno. Un poco de mal clima no les molestaba mucho a los de Montana. Si lo hiciera, estarían encerrados en sus casas ocho meses del año.

Me estiré hasta la mitad de la barra alta y tomé la jarra vacía.

—Ya sale. —Me moví entre la multitud, saludando a algunos rostros familiares y apoyé la jarra vacía en el área de servicio de la barra. Cody se acercó—. Para rellenar, por favor.

Asintió y metió la jarra en el balde de las sucias para comenzar a llenar una nueva. Mientras lo hacía, miró hacia mí.

—¿Todo bien?

Sonreí, y sabía que lo notaría.

—Sí. Realmente bien.

Tocó su cuello justo adonde habían marcado el mío.

—Eso pensé.

Después de que Boone me marcara, había mirado la herida en el espejo. No dolía demasiado, ni siquiera como una herida abierta donde sus dientes habían perforado mi piel. Ahora sólo eran marcas rojas en donde lo había hecho. Una pequeña cicatriz. Ni siquiera parecía un chupón, así que los humanos que no sabían acerca de los cambiaformas no pensarían nada de eso. Pero Cody la reconoció por lo que era.

Boone era mío.

—¿Dónde está tu pareja hoy? —Cerró la canilla.

—Con sus hermanos, —le respondí hablando por encima de la nueva canción en la rocola. Sonaba fuerte y metálica y tenía un buen ritmo que les gustaba a todos—. Iban a andar en motos de nieve con Johny y Rand. Luego harían algo de hombre. Mirar deportes o lo que sea. Vendrá antes del cierre para recogerme.

Y llevarme a mi casa, espero, para aprovecharse de mí.

Esto era algo nuevo para Boone, divertirse con sus hermanos y otros cambiaformas, pero una buena transición porque era en la montaña donde se sentía más cómodo. Estaba esforzándose en *salir de allí* y me enorgullecía.

—Eso es genial. Quizá los dos puedan venir a cenar alguna noche que no trabaje. Riley me ha estado contando super emocionada que tus canciones se volvieron virales en línea.

La productora musical me había vuelto a llamar; quería escuchar un demo oficial y conocerme.

Me sonrojé y puse los ojos en blanco.

—Sí, es quien maneja mis redes sociales, por supuesto.

—Eres buena, Summer. Puede que ella los haya publicado, pero a la gente le encanta tu trabajo. —Apoyó la jarra llena frente a mí.

Volví a sonreír; esta vez no por Boone sino por mí.

Me estaba halagando, y me gustaba. Claro, a todos les gustan los halagos, pero mi música había desaparecido por tanto tiempo que era validador saber que a personas como Cody realmente les gustaba. Millones de espectadores también era prueba.

—Suena bien.

—Genial. Chocó sus nudillos sobre el bar. —Después de llevar eso, ¿puedes buscar unos trapos limpios del depósito? Nos estamos quedando sin.

—Claro, no hay problema. —Me alejé, con la jarra en la mano, cantando mi última canción que compuse cuando Boone y yo caminábamos por el bosque. La melodía estaba tomando forma, al menos en mi cabeza, incluso con la música fuerte del bar. Después de dejar la jarra, me fui hacia atrás. En el depósito, prendí la luz y encontré la caja con los trapos limpios.

La puerta se cerró de golpe y giré, sorprendida. Un grito reemplazó mi canto.

Ahí estaba Marty. Con su corte militar. Rapado. Piel bronceada. Ojos celeste claro como el hielo. Cabello rubio. Físicamente bajo y fornido.

Me latía el corazón y la piel cosquilleaba por la adrenalina de verlo después de todos estos meses.

—Hola, Summer. —Su voz era tal como la recordaba. Profunda. Incluso. Provocadora—. ¿Extrañas a tu esposo?

Mi reacción inicial fue pánico. Me había condicionado a apaciguarlo cuando estaba de mal humor. Hacia el final, le tenía miedo. Pero luego recordé dónde estaba. Quién era ahora. No me importaba mantener la calma. No me importaba lo que pensara sobre mí. No iba a dejar que me siguiera dando órdenes.

—¿Qué estás haciendo aquí? —Puse tanto enojo en mi pregunta como pude.

Sus ojos se entrecerraron. Me latía fuerte el corazón, reconociendo el peligro.

—¿No puedo pasar a ver a mi esposa?

No me gustaba que siguiera recordándome que todavía estábamos casados.

—No. Ya no estamos juntos.

Negó lentamente con la cabeza.

—Te divertiste un poco. Es hora de regresar.

Este hombre estaba totalmente loco.

—No sucederá. Nos divorciaremos.

—Sólo si firmo los papeles, y no lo haré.

Rechiné los dientes.

—Igual me divorciaré, aunque lo impugnes. Tienes que irte. No quiero estar contigo. Ni siquiera me gustas.

Se encogió de hombros.

—Siempre has sido dramática, Summer. Caprichosa. Mírate, trabajando en un bar. Apenas puedes ocuparte de ti misma.

—Me está yendo bien, —dije, ya mucho más enojada que asustada. ¡Cómo se atrevía a venir aquí! Ya

me había cansado de que me hostiguen y me den órdenes. De esforzarme para un idiota sólo para mantener
la paz. Me había cansado de *él*.

—¿Viviendo en una ciudad pequeña de Montana?
¿Trabajando como camarera donde los hombres te
miran lascivos? Vi cómo te guiñó el ojo ese tipo. A *mí
esposa*.

—No sé de qué tipo estás hablando.

—Exacto. Has estado coqueteando con hombres
toda la noche.

—No. Te. Incumbe, Marty. No estamos juntos.
Puedo coquetear con quien quiera.

—¿Entonces te estás prostituyendo? —Su mandíbula se tensó. Reconocía esa expresión. Se estaba enfu-
reciendo. Eso significaba peligro.

Podría lograr que Cody lo echara si lograba pasar a
su lado,

—Tienes que irte, Marty. Terminamos. Ya tengo
una vida nueva. Estoy cantando y tengo un...

—Sí, estás cantando. Vi el video en línea. ¿Qué
carajos llevabas puesto? ¿Has visto los comentarios que
dejan los tipos? Les gustan tus tetas. No tu canción.
Miles y miles quieren hacérselo a *mi esposa*.

—¡No soy tu esposa! —Le respondí de mala
manera.

Dio un paso al frente. Estábamos en un depósito.
Con la puerta cerrada. Pero no estaba sola. En Los

Ángeles, me había aislado de mis amigos para que fuera totalmente dependiente de él. Aquí, tenía toda una comunidad que le patearía el trasero si me tocaba, empezando por Boone.

—Lo eres. Legalmente.

—No por mucho tiempo.

—No nos divorciaremos. Eres mía. Si quieres prostituirte haciendo dinero con tu música, está bien, pero el dinero es mío.

Oh por dios. Probablemente había visto el video clip. Quizá no él porque no miraba videos musicales, pero alguien en la estación. Había visto lo exitosa que era, cómo estaba respondiendo la gente. *Así* me había encontrado. Me había frenado por años, ¿*y ahora quería ser parte*? Quería el dinero. El maldito dinero.

—Dijiste que todavía no era lo suficientemente buena. Supongo que te equivocaste conmigo.

Se acercó para estar justo frente a mí. No me achiqué, sino que levanté el mentón para verlo a los ojos. No era ni remotamente cercano al tamaño de Boone. De hecho, hasta parecía escuálido en comparación. Pero igual era unos centímetros más alto que yo y sabía lo malvado que era.

—Pondrás tu trasero de prostituta en el coche y nos iremos bien lejos de esta ciudad de pueblerinos.

—No iré a ninguna parte contigo. —Estaba orgullosa de que mi voz no temblara.

—Lo harás, —me respondió de mala forma.

Me agaché y pasé a su lado, pero tomó mi cabello y me tiró hacia atrás.

Grité ante el dolor en mi cuero cabelludo y giré para empujarlo.

Luego me golpeó con el revés de la mano y el sonido hizo eco en las paredes de la pequeña habitación. Me llevé la mano a la mejilla. Su anillo de boda me había cortado la mejilla y toqué la sangre que caía. Cuando giré la cabeza para verlo a los ojos, vi el arma.

Era su pistola del trabajo. No estaba trabajando. Ni siquiera estaba en el mismo estado en donde era policía.

—Vámonos, Summer, —me dijo de mal modo. En todo el tiempo que estuvimos casados, nunca antes lo había visto así—. Ya me cansé de que te rebeles. Si haces una escena, le dispararé a alguien. Y será tu culpa.

Estaba aturdida por su presencia. Por lo que había planeado. Por el golpe. Mi mente hizo algunos cálculos rápidos. Estaba al tanto por la historia de Boone que Cody podría recibir una bala y sobrevivir, pero no sabía cuántos de los clientes eran cambiaformas. Tal vez ninguno. Si les disparaba a ellos o a mí, moriríamos.

Incluso si Cody me escuchaba gritar por encima de la música, no podría arriesgarme a hacerle señas para que me ayude. No con Marty de esta forma y con el arma a mano.

Tomó mi cintura y abrió la puerta del depósito; me llevó por el pasillo hasta la salida de emergencia de atrás. Golpeé mi mano contra la pared para no caerme antes de salir por atrás hacia el estacionamiento. Hacia una tormenta de nieve.

25

BOONE

Me divertí con Ace y Roy y los chicos del Rancho Wolf. No había conducido una moto de nieve en años. Pero sólo podía pasar algo de tiempo con ellos antes de decirles que tenía que ir a buscar a mi pareja.

Por suerte, no hicieron nada más que saludarme con la mano o darme una palmada en la espalda antes de que bajara la montaña.

Pensé que como había reclamado a Summer, mi necesidad de ella disminuiría. Que ahora que tenía mi marca, mi esencia embebida en ella, mi verga no guiaría cada una de mis acciones. Que estaría cuerdo.

Me había equivocado tanto. Mi verga quería estar con Summer ahora. Tomar su mano y llevarla hasta el depósito para hacérselo. La última vez, sólo le había comido la vagina en ese pequeño cuarto. Esta vez, la haría agacharse y tomarme por atrás y...

—Mierda, —gruñí y conduje más rápido. O al menos tan rápido como podía con la nieve cayendo como estaba.

Estaba agradecido de que estuviera de acuerdo con que Cody la recogiera de su pequeño departamento en lo de Rand y Natalie de camino al bar, en vez de conducir con este clima. Tenía que comprarle un coche mejor. Una todoterreno con muchísimo peso. Con tracción integral. Todas las medidas de seguridad que existieran.

Hasta entonces, estaría encantado de ser su chofer.

Cuando entré a lo de Cody, fui al bar y saludé a mi amigo. Miré a mi alrededor.

—Noche concurrida. —Me quité el abrigo y busqué a Summer.

—Sí lo es. —Cody me estrechó la mano por encima de la barra—. Me alegra por ti.

Él sabía que había reclamado a Summer. Cualquier cambiaformas lo notaría.

—Gracias. —Miré el salón—. ¿Dónde está Summer?

Él tomó dos copas vacías.

—Estaba buscando algunos trapos en el depósito.

El depósito. Mierda, sí. Mi verga se puso dura de tan sólo pensar en tomarla como quería.

—Iré a ayudarla.

Sonrió.

—Claro. Supongo que puedes tomarte tu tiempo si no desordenan nada allí.

Le devolví la sonrisa y me froté las manos.

—No hay problema.

La gente se corría de mi paso mientras me alejaba del bar hacia el pasillo de atrás. La puerta del depósito estaba abierta y entré.

Estaba vacío; la caja de trapos tirada en el suelo. No pude dejar de notar el aroma de mi pareja. Se sentía fuerte en la habitación, pero noté otro. Humano. Masculino. Pero estábamos en un bar, y había muchos humanos aquí. Miré a mi alrededor. Caminé hasta el pasillo.

Volví a olfatear, pensando en seguir el aroma de Summer hasta el baño de mujeres, pero en vez de eso, iba hacia el lado opuesto, se mezclaba con el mismo aroma humano. Era más fuerte aquí; había menos confusión de aromas para mi nariz porque no muchos venían aquí atrás. Lo único que había por aquí era la salida de emergencia.

Me quedé mirando fijo la puerta y luego al depósito.

¿Mi pareja fue al depósito y luego a la salida de

emergencia con un hombre humano?

Se me pusieron de punta los pelos de la nuca. Algo andaba mal. Mi lobo gruñó. Luego algo en la pared llamó mi atención.

Había una madera que recubría unos metros de la pared, pero por encima, las paredes estaban pintadas de blanco. Un par de fotografías enmarcadas con imágenes históricas de Cooper Valley.

No les presté atención. Noté la mancha de sangre. Me acerqué y la olí.

Summer.

¡Mierda! Mi pareja.

La sangre de mi pareja.

Un gruñido genuinamente de lobo salió de mi garganta. Una vez alguien me comparó con el Avenger que se convierte en un monstruo verde gigante, como la versión de sí cuando está enojado. Ese era yo ahora. Casi me transformo espontáneamente.

Summer estaba en problemas. Abrí la puerta de emergencia y rompí una de las bisagras. Salí al estacionamiento y busqué a mi pareja. No estaba por ninguna parte. Su aroma no se sentía en el aire. Estaba nevando y el viento soplaba con fuerza. Había huellas, pero desaparecían rápido.

Él se la llevó. Tenía que ser el idiota de su ex. Summer no había mencionado que estaba en la ciudad ni que vendría o que siquiera la había contactado. Lo que significa que no los esperaba. Él la lastimó y se la llevó a la fuerza.

Iba a arrancarle los brazos y las piernas.

Recorrí el camino. Dos marcas de huellas. Llevaban a un espacio vacío en el estacionamiento. Había marcas de llantas visibles. El vehículo había retrocedido hacia la derecha y luego se había ido a la izquierda... hacia la salida que daba a la calle principal.

Tenía a mi pareja. Ella estaba sangrando. De ninguna forma se habría ido con alguien sin decirle a Cody. Y no habría podido irse con alguien sin querer hacerlo por la salida principal.

Mis puños se cerraron. Mi lobo empujó hacia la superficie. Ya no podía sentir su aroma.

Desde la primera vez que sentí su aroma aquí en el bar, me contuve. Fue cauteloso. Temía asustarla o lastimarla. Fui gentil. Hablé suave. Se lo hice con cuidado, incluso cuando dijo que le gustaba duro.

¿Ahora? A la mierda con todo eso. Me había cansado de ser cuidadoso y confiable y cauteloso. Estaba cansado de fingir que cualquiera de esas cosas podía ser el verdadero yo; mi parte despiadada, implacable, peligrosa estaba saliendo a la luz.

Incliné mi cabeza hacia atrás y rugí en la noche.

26

SUMMER

—LLÉVAME DE REGRESO, Marty, —dije desde el asiento
del acompañante del pequeño coche. Era claro que lo
había alquilado porque estaba totalmente limpio y
tenía olor a coche nuevo. A Marty nunca lo verían con
este coche básico en Los Ángeles.

Temblé y metí mis manos entre mis muslos. Mi
mejilla latía en el lugar donde me había golpeado. Sólo
pensé brevemente en abrir la puerta y tirarme del
vehículo en movimiento, pero incluso si sobrevivía el
impacto, nada impediría que Marty se detuviera y me
disparara.

Si me mantenía en el lugar, dudaba que me matara
porque parecía decidido a llevarme de regreso a LA,

pero no descartaba que pudiera dispararme en la rodilla para evitar que saliera corriendo y que luego me culpara por eso por obligarlo a hacerlo.

—¿Llevarte regreso a Cooper Valley? —respondió —. Claro que no. Esa ciudad está llena de perdedores y pueblerinos.

—Sus manos apretaron con fuerza el volante e intentaba conducir el coche con el mal clima. Aunque era policía, no nevaba en la parte sur de California, y él no tenía idea de lo que hacía. Después de deslizarse la primera vez, me puse el cinturón.

—No te gusto, —sostuve—. Pensabas que te engañaba. Que me vestía como prostituta. Que era mala cantante. Que todo lo que hacía era malo. Te hice un favor yéndome.

—¿Un favor? ¿Tienes alguna idea de lo que piensa la gente del trabajo? No puedo mostrar la cara.

—¡La gente se divorcia todo el tiempo!

—Yo no. *Tú* tampoco.

—Yo sí. No quiero estar contigo. No te amo. Mierda, ni siquiera me gustas.

Su mirada malvada se posó en mí y estaba iracundo.

—Eres mi esposa. Eres mía.

Tú eres mía. Boone había me dicho justo esas palabras muchas veces. Me había molestado al principio por esta razón. Porque Marty estaba loco, y cuando él lo decía, era de forma no consensual y de secuestrador.

Con los ojos fuera del camino y en mí por tres segundos, cuando volvió a mirar, no notó el coche que se acercaba. Corrigió su posición de más y se acercó al terraplén. Giramos una vez, un círculo completo como en un juego de un parque de diversiones. No chocamos con el otro coche; ya se había ido. Sabía conducir en la nieve.

Tenía el corazón en la boca y mi mano en el tablero. Marty golpeó el volante con la mano.

—¡Dios, maldición! ¿Qué es este clima de mierda? ¿Quién puede vivir en una caja de hielo como esta? Tenemos que encontrar un lugar donde pasar la noche.

No dije nada, pero estaba aliviada. Iba a matarnos si continuábamos.

—Vi un motel en la autopista, —dijo, aunque no estaba segura de si me hablaba a mí o a sí mismo—. No puede estar mucho más lejos.

Un motel con Marty. No podía saltar hacia la nieve para escapar de él. No había nada por aquí. Aunque no podía ver en la oscuridad y la nieve, sólo una vasta pradera rodeaba cada lado del camino doble mano. No tenía abrigo. Ni botas o sombrero. Todavía llevaba el delantal del bar en la cintura. Moriría en treinta minutos.

Pero un hotel quería decir que estaría encerrada en una habitación con Marty. Con una cama. Y su arma.

Todo lo que podía esperar era que alguien notara que había desaparecido. Cody esperaría que volviera con los trapos. Diablos, esperaría que trabajara. Una vez que no me pudiera encontrar, se preocuparía.

Boone vendría a recogerme. Era la primera vez que estaba agradecida de que mi pequeño coche fuera una mierda en la nieve, igual que este alquilado. Boone llegaría a recogerme cerca de la última llamada y enloquecería cuando no pudiera encontrarme en el bar.

Me buscaría. Vendría por mí. Me encontraría.

Tenía que hacerlo.

27

BOONE

SALÍ DISPARADO DEL EDIFICIO, siguiendo las marcas de las llantas en la nieve que se mezclaban con todas las otras de vehículos que habían llegado y se habían ido del bar. No había forma de seguirla, ni siquiera en forma de lobo. Ni siquiera tenía su aroma ni sabía dónde se la habían llevado.

Entré por la puerta principal. Necesitaba la ayuda de Cody. Tenía la mente lo suficientemente clara como para saber que no podía entrar furioso como un toro al bar, así que me paré afuera de la entrar y llamé a Cody. Grité, pero ni siquiera se giraron muchas cabezas porque el lugar estaba tan lleno y la música tan fuerte.

Pero Cody tenía una audición impresionante y mi grito sería una sorpresa.

De inmediato levantó la vista del vaso de cerveza que estaba llenando de la canilla. Debe haber sabido que algo andaba mal porque lo apoyó, llamó a otro *bartender* para que se ocupara y se acercó.

Me empujó hasta afuera, donde el ruido del bar estaba acallado por la puerta cerrada, y nos paramos a solas en la nieve; preguntó,

—¿Qué sucede?

—Summer se ha ido, —gruñí—. Se la han llevado. —Me llevé las manos al cabello y tiré.

Sus ojos se agrandaron.

—¿Qué carajos? Ella fue a buscar trapos.

La idea hizo que fuera difícil unir las oraciones. Apenas podía mantenerme en forma humana.

—Su sangre... —Señalé la salida de emergencia—. Se la llevó.

—¿Sangre? —La expresión de Cody pasó de preocupada a sombría—. ¡Mierda! ¿Quién? ¿Su ex?

—¿Quién más?

—No lo sé. Ella se volvió viral esta semana. Podría ser cualquier psicópata. Vamos. Tengo cámaras de seguridad. Veremos quién se la llevó y qué tipo de coche conducen. —Giró rápido hacia el costado.

Intenté hablar, pero el único sonido que salió de mi boca fue un gruñido desquiciado.

Cody frenó y giró para verme. Señaló el costado del edificio.

—Entra por la puerta de atrás, —dijo—. No estás lo suficientemente estable como para soportar toda esa gente.

Tenía razón y estaba muy agradecido por eso. No estaba pensando con claridad.

Treinta segundos después, abrió la puerta de atrás, y se quedó mirando la bisagra rota.

—¿Tú hiciste esto?

Gruñí y señalé la sangre en la pared.

—Ya veo. —Ambos olfateamos el aire. El aroma de Summer seguía allí, pero desaparecía rápido—. Estaba con un hombre humano.

Levanté el rostro al techo y dejé salir un gruñido.

Coddy cubrió mi boca con su mano y ahogó el sonido espeluznante.

—Aquí no, Boone. Ven a mi oficina. —Me llevó directo a su espacio desordenado. Sacó un celular e hizo una llamada—. Levi. Es Cody. Trae tu trasero aquí. Alguien se llevó a la pareja de Boone. Sí, tendré la grabación para cuando llegues. Entra por la puerta trasera. Boone la rompió, así que no traba.

Dejó el celular en su escritorio y sentó su trasero en la silla de su oficina. Encendió la computadora y se puso a trabajar mientras yo caminaba por el pequeño espacio.

—La encontraremos, —me prometió. Dejó de mirar la grabación de la cámara de seguridad para mirarme a los ojos—. Lo haremos. Tienes una manada entera que te ayudará.

El video apareció en su pantalla y mi mirada se posó en él. Tenía cámaras en la puerta del frente y atrás, y dos que apuntaban al estacionamiento, para cubrir todo. Abrió la grabación de la puerta trasera y rebobinó los últimos treinta minutos.

—¡Ahí! —Al menos eso intenté decir, pero salió como un rugido. Cody dejó de rebobinar.

Oh, mierda. Allí estaba Summer, siendo arrastrada por el brazo por un idiota flacucho. Era su ex. Lo sabía porque ya lo había investigado. Con la poca información que había compartido Summer, su nombre y que era policía, y lo que sabía de ella, tenía algunos datos acerca del desgraciado. Ya había memorizado su rostro por si alguna vez aparecía aquí.

Tomé el tacho de metal junto al escritorio y lo hice un bollo.

Cody me miró rápido.

—Ah, sí. No necesitaba eso. Mira, Boone, tenemos su rostro. Busquemos el vehículo. —Abrió la grabación de las cámaras del estacionamiento y rebobinó los últimos treinta minutos.

Nada.

Puse el dedo en el ícono del inicio de la otra cámara.

—Sí. Estoy en eso. —Cody lo abrió y rebobinó—. Allí están.

Miré cómo el idiota metía a Summer en el asiento delantero de un Chevrolet Spark azul y salía en dirección a Missoula.

—No llegarán lejos en esta tormenta de nieve con ese coche, —murmuró Cody—. Sobre todo en el pase. Levi puede transmitir una orden de búsqueda...

Ya me había arrancado la ropa y transformado. Iba a perseguir ese coche y matar al tipo que había tocado a mi pareja.

—Espera, no ayudarás en forma de lobo...

No quería escuchar lo que Cody tenía para decir; ya estaba corriendo por la nieve a toda velocidad de lobo. Uno normal podía correr a setenta kilómetros por hora. La velocidad máxima de un cambiaformas era más rápida.

Ahora mismo, debido a la tormenta, corría al doble de la velocidad de los coches en la autopista. Podría pasar al maldito Chevy Spark. Corrí junto a la autopista, y dejé que el instinto de mi lobo me guiara.

Espera, bebé. Iré por ti.

28

SUMMER

Marty me había esposado al volante mientras él nos registraba en el hotel. Tenía una temática de cabaña vieja y sólo un piso; las entradas a las habitaciones daban directo al estacionamiento. Estaba enojada, buscando en el tablero algún tipo de Onstar o notificación de emergencia que pudiera usar para pedir ayuda, pero no había nada. Era sólo un coche barato de alquiler.

—Vamos. —Regresó y abrió la puerta, inclinándose para abrir las esposas.

—¿Cuál es el plan exactamente? —Exigí saber—. Esto no tiene sentido, Marty.

—Cállate, Summer. —Estaba luchando con la

cerradura porque la posición era incómoda. Seguí hablando mientras miraba su pistola. Estaba en su funda. Ni bien me liberara las manos, iba a intentar tomarla.

También le dispararía al idiota.

Estaba desquiciado. No podía creer que este tipo soliera importarme. Ni creer que yo le importara a él. No era capaz de que le importara nadie más que yo.

—No puedes matenerme como tu prisionera por siempre. ¿Cómo imaginas que funcionará? ¿Ganaré dinero para ti de alguna forma con mi música, pero será un secreto que estoy encerrada en una casa contigo?

Finalmente abrió las esposas, pero mantuvo una mano firme sobre la mía, volviendo a ajustar la esposa alrededor de mi muñeca.

Mierda. Era ahora o nunca. Seguí hablando, esperaba distraerlo.

—¿Qué piensas que creerán de eso los tipos en la estación? Aunque supongo que harán la vista gorda ante el abuso doméstico, ¿verdad?

—Dije, ¡*cállate!* —Gritó Marty.

Tomó mi otra muñeca, así que aproveché la oportunidad de intentar quitarle el arma con la muñeca ya puesta en las esposas.

La saqué de la funda, pero su puño golpeó mi rostro.

El dolor explotó en mi mejilla y mi visión se oscureció.

Cuando recuperé la conciencia, estaba sobre el hombro de Marty mientras me llevaba por la acera nevada y abría la puerta del motel. Mis muñecas estaban esposadas frente a mí y su pistola no estaba en la funda.

Maldición.

Marty entró a la habitación del motel y me tiró sobre la cama.

—No te muevas, —dijo de mala manera mientras cerraba la puerta y las cortinas baratas, para luego poner la cadera de seguridad. Se quitó las botas de nieve.

Mi rostro latía con tanta fuerza en donde me había golpeado que podía sentir los latidos de mi corazón en la mejilla. Me llevé los dedos a la zona para tocarla. Ya se había hinchado.

Marty estaba fuera de sí. Había perdido la cordura totalmente.

Cuando lo molestaba hace un rato, me di cuenta de la verdad. Ni bien entendiera que no podía ganar en esto, y que no había forma de que funcionara, que de ninguna forma volvería a casa para ser su esposa otra vez, terminaría esto. Y no me refería a terminarlo al dejarme ir. Él terminaría *conmigo*. Quizá con ambos en uno de esos estúpidos y dramáticos asesinatos-suicidios que cometen los hombres desquiciados.

Era esa mentalidad anticuada de «Si no puedo tenerla, nadie puede».

Entonces tenía que alejarme de sus garras ahora antes de que se diera cuenta. Era eso o tenía que hacerlo creer que regresaría a casa con él y sería una buena esposa hasta que pudiera escapar. Pero probablemente fuera demasiado tarde para eso. Ya lo había antagonizado bastante.

Cerré los ojos y calmé mi respiración, intentando pensar aunque sintiera dolor.

Tenía que comunicarme con Boone. Decirle dónde estaba.

Bueno.

Entonces esperaría a una oportunidad de usar un teléfono. Él tendría que ir al baño o...

—¿Tienes hambre? —Intenté hacer que mi voz sonara casual, como si siguiéramos siendo marido y mujer, y estuviéramos pensando qué cenar.

—¿Qué? ¡No! —gritó. Caminaba de un lado al otro por la habitación, pasando los dedos por su cabello, que ahora estaba mojado por la nieve derretida.

Usé mis pies para irme hasta la cabecera de la cama. Era realmente extraño con las manos esposadas, pero cuando mi cabeza chocó con el cabezal, giré de costado y me incorporé hasta sentarme, inclinándome contra él.

—¿Tenían una máquina expendedora en la recepción? —Le pregunté.

Marty era adicto a la comida chatarra. Podría implantar la idea de buscar bocadillos y luego podría hacer una llamada.

Marty me ignoró, siguió caminando.

Mantuve la boca cerrada y le di algo de tiempo. Había estado años casada con él. Si insistía demasiado, sería muy evidente. Si mencionaba la comida, eventualmente, su estómago y adicción a la comida chatarra harían lo suyo y regresaría a la recepción. Luego podría llamar al 911 desde el teléfono del hotel.

Me obligué a calmar mi respiración. A calmar el golpe y el dolor en mi mejilla. Me obligué a ser paciente.

Marty se sentó en la otra punta de la cama, prendió la televisión y pasó los canales. Se detuvo en una de las películas de *Misión Imposible.*

Cuando pasó un comercial de Snickers, supe que la televisión estaba haciendo mi trabajo.

Marty subió el volumen al máximo posible.

—Iré a comprar unos bocadillos. —Fue hasta la mesa de luz y arrancó el teléfono de la pared.

¡Mierda!

Usó el cable para atarme las piernas y luego tiró mi cuerpo de la cama. Caí al suelo con un golpe seco.

—Seguro pensaste que te irías corriendo mientras buscaba comida.

—No, sólo tengo hambre. —Fingí lamentarme.

Me quitó las esposas y las pasó por la pierna de la cama, luego las volvió a cerrar.

Era claro que no iría a ninguna parte y, a menos que su teléfono se cayera milagrosamente de su bolsillo a mis manos, no podría hacer ninguna llamada.

¡Maldición!

Marty salió y luché por contener las lágrimas. Estaba sola en una habitación de hotel con mi ex peligroso. Nadie salía dónde estaba.

Contrólate, Summer. Piensa. ¡Piensa!

No podía tirarme aquí y actuar de víctima. Tenía que pensar en un plan para cuando regresara.

Intenté levantar la cama y sacar las esposas, pero era realmente pesada. Doblé mi cuerpo a la mitad para pasar los dedos por el cable alrededor de mis tobillos.

¡Sí! Eso podría funcionar. Podría alcanzar el cable. Giré de costado en la alfombra con moho y llevé mis rodillas al pecho para hacerlo. Él lo había envuelto alrededor de mis tobillos varias veces y luego había hecho un nudo. Mis dedos temblaban mientras soltaba los extremos para liberarme.

¡Sí!

Tiré del cable, lo que sólo lo ajustó, y luego me obligué a ir más lento y soltarlo. Me latía el corazón y me temblaban los dedos. Cuando me liberé, conecté el extremo a la ficha del teléfono cerca de mi cabeza.

Ahora si tan sólo pudiera alcanzar el teléfono que había arrojado al otro lado de la habitación. ¿Quizá con mis pies?

Estiré mi cuerpo e intenté empujar el teléfono con el dedo del pie. Sólo podía tocarlo...

La puerta se abrió de golpe y Marty entró con algunas bolsas de bocadillos y una lata de refresco. Su rostro se contorsionó con ira cuando vio lo que había hecho.

—¿Qué carajos crees que estás haciendo?

29

BOONE

Vɪ el coche en el estacionamiento del motel junto al camino frente a la autopista. Corrí hacia él. Mi cerebro humano sabía que no debía dejar que vieran a mi lobo en la civilización, pero él quería sangre.

Ahora mismo no me importaban un carajo las reglas de la manada. También quería sangre.

Corrí hacia el coche y luego fui más lento para sentir el aroma. Pero la nieve había tapado todo. Todavía seguía cayendo y el coche ya estaba cubierto con al menos tres centímetros. Aceché detrás de cada puerta para sentir el aroma de Summer. De otra forma, rompería cada puerta del maldito motel hasta encontrarla.

Gruñí, revisando las puertas del motel. La mayoría habían estacionado frente a su habitación. Esperaba que este perdedor también, especialmente porque era un idiota de la parte sur de California y no soportaba un poco de clima invernal.

Antes de poder hacer algo, el Destino me apoyó.

Vi a un tipo entrar en una de las habitaciones del motel. Flacucho. Cabello rubio peinado hacia atrás. Vibras de cretino. Marty. Idiota de la policía de Los Ángeles. Lo conocía por haber investigado al bastardo y lo reconocía de las grabaciones de seguridad de Cody.

Era hombre muerto.

Muerto.

Crucé rápido el estacionamiento y me arrojé contra la puerta. No caí adentro, pero no me transformé en humano. Al carajo con la puerta. Retrocedí y salté contra la ventana, rompiéndola.

Me hice un bollo y rodé, entrando a una pequeña habitación de hotel de mierda. Paredes café, extrañas luces y alfombras naranjas, ahora llenas de vidrio roto.

Summer gritó desde donde yacía en el suelo.

Marty giró para verme desde dónde estaba parado sobre ella, con el puño alzado.

No, no acababa de hacerlo. *¿Golpeó a mi pareja?*

Él. Golpeó. A Mi. Pareja.

Quedé ciego de la ira. Gruñí.

Los ojos de Marty se abrieron, sorprendidos, y luego se llenaron de miedo.

Salté para cruzar la habitación; mis patas delanteras tiraron a Marty lejos de Summer. Cayó al suelo con un golpe fuerte y seco, y mis dientes se hundieron en el frente de su garganta. Con un movimiento poderoso de mi cabeza, lo terminé.

Sentí su sangre derramada sobre mi lengua. Giré la cabeza para ver a Summer, quien seguía gritando.

Gruñí y giré para ver dónde estaba el otro peligro. ¿Quién estaba haciendo gritar a mi pareja?

—¡Boone! —Esa era la voz de Levi. Miré hacia arriba. Estaba en el umbral, la puerta rota detrás de él. Las cortinas volaban alrededor del vidrio roto y la nieve entraba con el viento.

Levi estaba aquí. Tenía su uniforme de alguacil, pero podía ver el color cambiado de sus ojos. Su lobo se estaba mostrando, pero no tanto como el mío.

No lastimaría a Summer.

Gruñí de nuevo, con los pelos de punta, el sabor de la sangre de Marty asqueando mi boca. Me volví a lanzar sobre el maldito y mordí un costado, lo arranqué para asegurarme de que estuviera muerto.

—¡Boone, vuelve a transformarte! —Levi usó una orden alfa conmigo. Su oficial humano, Kyle Abbott estaba parado junto a él.

Su orden no funcionó porque era mucho más alfa que él, pero me hizo prestar atención.

Giré mi boca ensangrentada hacia él y volví a mirar a mi pareja.

Su rostro estaba hinchado y golpeado, sus ojos grandes y aterrados. Marty la tenía en el suelo, esposada a la maldita cama. Estaba hiperventilando; su pecho se levantaba y bajaba con sus jadeos rápidos.

Verla así me enfureció más y volví a gruñirle al cuerpo de Marty. Lo desmembraría. No debería haberlo matado tan rápido. Debería haberlo hecho sufrir.

—Boone, estás asustando a Summer. —Levi volvió a poner una orden alfa en su voz. Me mostró las manos, y tenía el arma guardada.

¿Asustando a... Summer?

La miré. Vi el miedo.

Oh no. Mi dulce pareja. ¿La había asustado?

Era lo único que nunca quise hacer. Oh, mierda.

De inmediato me transformé en humano e intenté asimilar lo que había ocurrido desde la perspectiva de dos piernas.

¡Mierda! La dejé tirada indefensa en el suelo mientras una bestia salvaje destrozaba a su ex. Mi primer instinto debería haber sido liberarla. Contenerla. Llevarla a algún lugar seguro. En vez de eso, me volví salvaje y asesiné despiadadamente a alguien en frente de ella. No sólo lo herí seriamente como a mi padre y al acosador de Nueva York. Lo maté.

Asesiné a su ex.

—Summer, —dije con dificultad, limpiándome la boca con el reverso de la mano.

Ella todavía lucía asustada, aunque estuviera en forma humana. Por supuesto, estaba cubierto de la sangre de su ex esposo. Acababa de matar a un hombre frente a ella. Y nunca antes había visto a mi lobo. ¿Habría entendido que era yo?

Me apresuré a levantar la cama para que no estuviera atrapada allí. Ni bien se liberó, giró hacia el otro lado. Bajé la cama y la ayudé a pararse.

—Aquí. —Abbott había encontrado las llaves de las esposas en el bolsillo de Marty y me las arrojó.

Se me ocurrió que no parecía sorprendido por el hecho de que era un lobo. Pero su hija, Riley, estaba en pareja con Cody; quizá sabía acerca de nuestra especie.

Rápidamente abrí las esposas de Summer y froté sus muñecas lastimadas. Quería sostenerla, pero se mantuvo alejada, lejos de mí. Su cuerpo temblaba e incluso por encima del mal olor de la sangre Marty, podía sentir el aroma de su miedo.

Mi pareja tenía miedo. De mí.

Como debería. Era realmente peligroso. Como siempre lo supe.

Destino, ¡acababa de hacerlo otra vez! Había

perdido el control y llevado las cosas muy lejos. Mi lobo era un peligro. Yo era un peligro para mi hermosa pareja.

Mierda, ¿y si teníamos cachorros y lastimaba a uno? ¿O si simplemente los traumatizaba volviéndome loco por pensar que uno de ellos estaba en peligro?

Todavía recuerdo lo traumatizados que estaban mis hermanos menores cuando casi mato a nuestro padre.

Summer lucía igual. Pálida. Horrorizada.

Puede que lo supere, ahora que está a salvo de su ex, pero no quería que me viera así de nuevo, y lo haría. Además, no quería que mis propios cachorros me miraran con el mismo miedo. No quería poner a mi familia en la posición de saber que era un peligro. Yo era como un perro guardián despiadado en el que no se podía confiar que no se volviera salvaje. Que se *volvería* salvaje en cualquier momento.

Di un paso atrás para darle espacio. Pisé vidrio roto, pero no lo sentí. No sentía lo fría que estaba la habitación ahora.

—Summer, lo siento. Mierda. No quise asustarte.

Ella estaba en shock. No parecía poder hablar. Sólo me miraba con esos grandes y hermosos ojos azules.

Me moví más hacia atrás, hacia la puerta, con las manos levantadas. Cuando vi que estaban cubiertas de sangre, las bajé a mis lados.

—Lo siento. Soy demasiado peligroso. Yo... yo pude haberte lastimado. Si tuviéramos cachorros e hiciera esto... —la tensión se cerró alrededor de mi garganta —. Esto no funcionará. —Giré el picaporte y abrí la puerta.

—¿Qué? —Su voz sonaba rasposa. La confusión apareció en su rostro.

—Me mantendré alejado de tu vida. No mereces este tipo de desastre. Lo siento. —-Empujé a Kyle y a Levi para salir, transformándome y corriendo hacia la nieve.

30

SUMMER

—¡Espera! ¡Boone! —Grité tras el gigante lobo blanco y plateado.

El lobo era dos veces el tamaño de un animal normal y probablemente tres veces más feroz. Esa era mi pareja.

Sabía que Boone era cambiaformas, pero hasta que realmente se transformó ante mí, no fue del todo real. Ahora lo era.

Había saltado y *roto la ventana del motel*. Había vidrio en todos lados. La nieve entraba con el viento.

Le había roto el cuello a Marty al mismo tiempo que le arrancó la garganta. Marty estaba muerto, tirado sobre la alfombra fea.

Supe cuando el animal rompió la ventana que debía ser Boone, pero todavía seguía en shock por lo que había visto. Por presenciar una muerte violenta.

Ahora notaba la pérdida de Boone como la de una extremidad. Lo quería aquí, abrazándome. Hablándome sobre lo que sucedió. Asegurándome que todo estaría bien.

Pero en vez de eso, se había ido. Literalmente se fue corriendo.

Y antes de irse, hizo que sonara como algo permanente.

Me mantendré alejado de tu vida.

Todo mi cuerpo tembló y las lágrimas cayeron por mis mejillas. ¿Cómo podía decir eso?

Pero sabía lo que estaba pensando. Boone tenía una creencia enraizada de que era un peligro para quienes amaba. Había peleado y lastimado gravemente a su padre cuando sólo tenía dieciséis. Los adolescentes eran realmente dramáticos, así que los traumas que ocurrían en esos años les daban forma a las creencias sobre todo. Dejaban cicatrices que no sanaban.

Las de Boone definitivamente no lo habían hecho. Luego dijo que había lastimado a ese acosador en Nueva York años más tarde. Que por eso se había aislado de forma autoimpuesta en la montaña.

Habíamos hablado de eso. Pensé que podría superarlo, pero supongo que me equivoqué.

¡Maldito sea! ¿Cómo se atrevía a dejarme, sobre todo en un momento así?

Las lágrimas que no habían salido durante todo el calvario, de pronto caían como una inundación. Mi rostro se encogió. El llanto salió hacia afuera.

—Se fue. Se fue, maldición.

El alguacil me miró desde donde estaban parados junto a Marty. No conocía a ninguno de los dos desde antes, pero asumía que era uno de los lobos porque le había ordenado a Boone que se transformara. Quizás el otro tipo también, ya que lo dijo en su presencia.

—Lo siento. ¿Summer? —Pasó por encima del cuerpo de Marty y me ofreció la mano—. Soy Levi. Hermano de la manada de Boone. Él es Kyle, suegro de Cody.

Eso significaba que... era el papá de Riley. Claro que sabía de los cambiaformas entonces.

—Parece que te golpeó fuerte, —dijo—. ¿Quieres que llame a una ambulancia o que te llevemos nosotros al hospital?

Me toqué y estremecí cuando sentí mi mejilla; luego seguí llorando.

—Me duele, pero no hay nada roto, —logré decir entre llantos.

—Puedo llamar a Audrey para que nos encuentre cuando volvamos a la ciudad. ¿Ya conociste al doctor?

Asentí, lo que me hizo doler la cabeza.

Saber que estaban de mi lado ayudaba. Definitivamente tenía estrés postraumático por Marty y sus amigos policías, quienes sabía que no me hubieran ayudado si llamaba al 911 cuando se ponía violento.

—Boone no debió haberse ido corriendo, —dijo Levi, frotando su nuca—. Él, eh, tiene problemas desde joven.

Eso sólo me hizo llorar más fuerte. Lloraba por Boone. Lloraba por perder a Boone.

—Lo sé, —lloriqueé—. Su papá. Eso no es excusa para alejarse de mí cuando más lo necesito.

Tanto Levi como Kyle se estremecieron.

—Sí, eso estuvo mal. Pero volverá una vez que piense con calma. Si no lo hace, lo haré entrar en razón.

Las lágrimas seguían cayendo por mi rostro. Estaba seguro de que era parte por descarga por ser secuestrada y golpeada, pero toda mi concentración estaba en el dolor por Boone.

Me había dejado.

Dejado.

¿Cómo *pudo*? ¿Después de todas las veces que dijo *mía*?

Temblé por el frío que entraba por la ventana rota y la escena grotesca en el suelo.

—Mierda. Me alegra que llamaras, Levi. También recibí una llamada de Cody. ¿Cómo los encontraste?

Los tres nos giramos ante la voz.

Allí en el umbral estaba Rob Wolf, y junto a él, Willow, su esposa. Estaban mirando el cuerpo inerte de Marty.

—Recibimos una alerta sobre un coche alquilado y Cody nos dijo en qué dirección dirigirnos. Por suerte fue fácil verlo desde la autopista.

La mirada de Rob se posó en mí. Cuando entendió el desastre que probablemente fuera mi rostro, su mandíbula se tensó.

—¿Estás bien?

Asentí.

—¿Boone? —preguntó.

—Se f-fue, —tartamudeé.

—Cree que es un peligro para su pareja, —dijo Kyle. Definitivamente sabía todo lo de los lobos.

Rob se frotó la cara y suspiró.

—Mierda.

Willow se acercó y me dio un abrazo. Le devolví el abrazo, aunque no era el mejor que había dado. Ella se mantuvo a mi lado.

—Él es, em, mi ex, bueno, mi esposo es policía. ¿Qué haremos? —Pregunté.

—Tú te irás con Willow ahora, —dijo Rob—. Ella te llevará a casa y haré que Audrey pase a mirar tus heridas. —Miró a Marty y puso las manos en su cadera —. ¿Esto? Nos encargaremos de esto. Las leyes de los cambiaformas aplican aquí.

Mi miraba fue a Levi, el alguacil, quien asintió.

¿Leyes humanas o justicia de cambiaformas? Quizás era ambas.

—No sé cómo le explicaré esto a la policía de todas formas, —dijo—. La policía de Los Ángeles no me creyó que literalmente me maltrataba y la verdad de esto es bastante increíble.

Levi sonrió.

—Entonces es bueno que yo sea la ley por aquí, ¿no?

Había terminado con Marty. Marty estaba acabado. Ya no tenía que preocuparme por él. Era libre.

Pero no tenía a Boone.

Pensé que quería liberarme de Marty y seguir con mi vida. Pero ahora, mi vida era con Boone.

¿Qué haría sin él?

BOONE

CORRÍ ENTRE LA NIEVE A CIEGAS.

Mis patas se congelaban y se ensangrentaban por golpearse con rocas que no veía. No quería dejar de moverme, no podía dejar de moverme.

Corrí como si me persiguieran.

Y quizás así era. La imagen de mi pareja asustada. El monstruo en el que me había convertido, un asesino.

La nieve caía menos mientras subía hacia la cima de una montaña. Estaba exhausto, incluso en forma de lobo. Había corrido kilómetros para alcanzar a Summer y luego de nuevo para escaparme de ella cuando supe que estaba a salvo con Levi.

Descansé en una elevación que daba a todo el valle. Con mi grueso pelaje, no tenía frío. Podía sobrevivir los inviernos más fríos sin refugio.

¿Adónde iría? ¿Qué haría?

Mierda.

Todo lo que quería hacer era seguir corriendo. Ver si podía ir más rápido que el dolor y la decepción que sentía conmigo mismo ahora.

Destino, por años había luchado con lo que le había hecho a mi padre. Hasta me fui de la manada y me mantuve alejado por ocho años por eso. Luego, sólo regresé por lo que le hice al acosador de Sara. Summer me había ayudado a aceptar que se lo merecía porque quién sabe lo que le habría hecho a Sara, pero igual había perdido el control. Podría haberlo matado a él y a Sara.

¿Pero esos incidentes? No eran nada, *nada*, en comparación con lo que acababa de hacer.

Acababa de matar a un hombre. Maté al esposo de Summer. Estaba intentando divorciarse de él, pero todavía era su esposo legalmente. Y le arranqué la garganta frente a ella.

Sin control. Nada.

Sólo... una muerte macabra.

La forma en la que Summer me miró horrorizada... me senté en mis patas traseras y le aullé al cielo, donde las nubes empezaban a abrirse. La luna estaba detrás de ellas, en algún lugar.

Summer. Mierda.

Me mataba estar lejos de ella. La habían lastimado y asustado. Y yo la dejé sola en medio del caos. Pero había tenido que irme porque era el que la había asustado.

¿Pero cómo viviría sin mi pareja?

Estaba marcada y reclamada. Era mía.

No la obligaría a quedarse conmigo. No quería atraparla como lo había hecho Marty. Sería mucho peor por el daño que podía provocar. Si ella viera lo letal que era. Lo salvaje. Qué imprudente.

Era peor que su esposo.

No la merecía.

32

SUMMER

BOONE NO REGRESÓ ANOCHE. Rand y Natalie estaban convencidos de que lo haría. Pensaron que sólo necesitaba pensar las cosas y luego llegaría a mi departamento con la cola entre las patas. No estaba segura, quizás lo decían literalmente porque estaba en forma de lobo cuando se fue. Temía que se equivocaran porque conocía a Boone.

Se había mantenido alejado de su manada y familia por años después de ser violento con su papá. Se había aislado en una cabaña en la montaña después de lastimar a ese tipo en Nueva York.

Anoche llamamos a Roy y Ace para contarles lo que sucedió y preguntarles si habían visto a Boone. No, pero Ace fue a su cabaña para ser si había señales de él. No las había.

Llamé a Cody anoche para ver si la camioneta de Boone seguía en el estacionamiento del salón y así era. Donde fuera que estuviera Boone, probablemente seguía en forma de lobo.

Le envié otro mensaje a Ace:

> ¿Alguna noticia o señal de Boone?

Su respuesta llegó de inmediato:

> No. Pasé la noche en su cabaña sólo por si regresaba, pero no está aquí. Roy dijo que no había aparecido tampoco por allí.

Las lágrimas invadieron mis ojos.

¡Maldito sea!

Me quité las frazadas y bajé las piernas de la cama. Me sentía tan pesada. Me latía el rostro y me hacía doler también el cráneo. Marty me había golpeado fuerte, pero el dolor de mi mejilla no se acercaba al de mi corazón.

Aubrey me había revisado anoche y me había hecho tomar ibuprofeno y ponerme árnica en el moretón para evitar que se hinche, pero supongo que se había pasado el efecto porque ahora dolía bastante.

Caminé hasta el baño y me miré en el espejo. Guau. ¿Esa era yo? No fue el moretón lo que me descolocó. Fue la desolación de mi expresión. No recordaba haberme visto o sentido así de desamparada, incluso cuando pensaba en cómo escapar de mi matrimonio con Marty.

El porqué era evidente. Boone se había convertido rápidamente en todo para mí. Mucho más que Marty. Más que nadie en mi vida. Lo que teníamos era una profunda conexión de almas. O una conexión destinada, supongo que diría él.

No me sorprendía que se sintiera como si me hubieran arrancado el corazón del pecho y lo hubieran metido en una licuadora.

Y de repente, todo estuvo claro. Había estado sintiendo pena por mí misma. Enojo con Boone por abandonarme cuando más lo necesitaba, pero eso no era verdad.

Él me necesita a *mí* ahora mismo.

Había estado ahí cuando más lo necesité. Ahora era mi turno de ser fuerte. Por él.

Se mantenía alejado por su amor y protección hacia mí. Porque creía erróneamente que no era seguro para mí.

Ah, Boone.

Soy demasiado peligroso. Yo... yo pude haberte lastimado. Si tuviéramos cachorros e hiciera esto...

Dios, me sentía tan mal por él. Me dolía el corazón porque me di cuenta de lo mucho que debía estar sufriendo. Pensando lo peor.

Boone me había rescatado, como sabía con toda certeza que lo haría. Me había rescatado y mi reacción había sido asombro y miedo. Eso desató su herida más profunda. Su miedo de lastimarme lo llevó a alejarse y mantenerse lejos.

Tenía que pensar en cómo recuperarlo. Cómo asegurarle que no le tenía miedo. Que sabía en lo más profundo de mi ser que nunca me lastimaría a mí o a... nuestros cachorros.

Cachorros. Qué palabra adorable.

Dios, no había querido niños antes. O al menos no con Marty. Pensé incluso desde el comienzo, había sabido en algún lugar de mi inconsciente, que sería un padre horrible.

Pero Boone sería realmente genial.

Y sí. Quería tener sus cachorros.

Me di una ducha rápida y me vestí; de pronto estaba motivada. Tenía que encontrar a Boone. Él me necesita ahora mismo y no iba a tirarme en la cama a hacerme la víctima.

Bajé a lo de Rand y Natalie a buscar café y los encontré en la cocina de la granja. Natalie estaba poniéndole mermelada a una tostada. La dejó y tomó una taza para mí, luego buscó la cafetera.

—Ace pasó la noche en lo de Boone, pero él nunca regresó, —anuncié sin siquiera un *buen día.*

Natalie me pasó una taza llena de café y le puse algo de crema. Suspiré.

—Cody revisó las cámaras de seguridad del estacionamiento del salón y dijo que la camioneta sigue allí, —reportó Rand.

Me sentí un poco de aliviada al ver que todos estaban tomándose esto en serio. No era la única a la que realmente le importaba Boone.

Contuve las lágrimas.

—¿Dónde creen que está? ¿Crees que lo chocó un coche o algo?

Rand negó con la cabeza.

—De ninguna forma. Pero aunque así fuera, estaría bien. Sanaría rápido. Los cambiaformas lobo son muy difíciles de matar.

Claro. Un poco más de alivio llegó a mi pecho.

—Bueno, entonces es probable que no esté herido. Sólo está... ¿manteniéndose alejado?

La expresión de Rand era seria.

—Eso parece.

—Bueno, ¿qué podemos hacer? ¿Cómo podemos encontrarlo? No puedo sólo sentarme aquí. —No pude evitar que hubiera algo de desesperación en mi voz.

Rand sacó el celular.

—Llamaré a Rob, —dijo.

Rob. Eso estaba bien. Era el lobo alfa. Sabría qué hacer.

Al menos eso esperaba.

Rand rápidamente puso a Rob al tanto y luego escuchó.

—Bueno... sí. Suena bien. Ahora vamos. —Cortó la llamada y nos miró a mí y a Natalie—.

Lo cazaremos, al estilo de los lobos. Rob enviará una alerta toda la manada. Natalie tiene que irse a trabajar, pero puedes esperar en la casa de Rob mientras lo buscamos.

—Avisaré que estoy enferma, —dijo Natalie, negando con la cabeza—. Esto es más importante. Me abrazó y me relajé en sus brazos; necesitaba el abrazo con desesperación.

—Gracias, —dije ahogada—. Ustedes dos han estado aquí para mí todo este año y significa mucho.

—Por supuesto. Eres parte de la manada. —Rand se unió y nos abrazamos brevemente como grupo—. Ahora vamos a encontrar a tu hombre.

33

BOONE

ME DESPERTÉ ACURRUCADO en un banco de nieve. Mi pelaje y la pila de nieve formaron un nido cálido, me protegieron del aire y viento frío.

Había silencio. Sólo blanco a mi alrededor.

Por desgracia, la quietud y el silencio no acallaban el ruido en mi cabeza.

Anoche corrí por horas sin prestar atención a dónde iba. Empujé para salir por la superficie de mi pequeño nido y me sacudí para quitarme la nieve del pelaje.

¿Dónde carajos estaba?

Había perdido la cabeza con el odio hacia mí mismo y el dolor y había corrido a ciegas.

Me senté sobre mis patas traseras para mirar el paisaje. Estaba en las montañas, ¿pero dónde? ¿Qué tan lejos me había ido? La extensión de las manadas de lobos podían ser de mil quinientos kilómetros cuadrados. Los cambiaformas no solían irse tan lejos. Nuestro lado humano nos mantenía cerca de un refugio convencional. Teníamos miedo de que, si permanecíamos demasiado tiempo en forma de lobo, nos volveríamos salvajes y no podríamos volver a convertirnos en humanos.

Tal vez eso es lo que debería hacer. Correr directo a Canadá, lejos de toda civilización, donde ningún cambiaformas podría encontrarme. O podría hacer lo opuesto y mantenerme cerca, dejar que los cambiaformas me encontraran y me durmieran. Seguramente Rob se había contactado con Johny para rastrearme y matarme.

Era lo que tenían que hacer con los cambiaformas salvajes. No sólo éramos un peligro para los humanos, sino que si ellos alguna vez encontraban o mataban a un cambiaformas en forma de lobo, expondría a nuestra especie. Eso significaba que los cambiaformas salvajes eran un peligro importante para nosotros. No podían ser controlados ni eran confiables.

Como yo.

Sí. Mis opciones eran seguir escapando o dejar que me cazaran y mataran.

Puse el hocico en la nieve y la lamí para saciar mi sed. Todavía tenía el horrible gusto a sangre y carne en mi boca, y estaba seguro de que mi boca estaba cubierta.

El recuerdo de lo que había hecho volvió rápido a mi mente. Ese idiota golpeó a mi pareja. Se puso encima de ella mientras la tenía atada al maldito pie de la cama. Los ojos grandes de Summer después de que lo maté. Cómo se había alejado asustada.

Mierda.

El dolor me recorrió.

Nunca más la vería.

Mi pareja hermosa y dulce.

¿Cómo sobreviviría?

Ya sabía la respuesta, no lo haría. No me volvería lunático porque la había marcado, pero mi lobo enloquecería de todas formas. No podía vivir sin mi pareja. No podía respirar sabiendo que nunca más la tocaría. Ni le haría el amor. Ni la escucharía gritar mi nombre.

Mierda. Tenía que detener la angustia.

No podía pensar en Summer. Mi estómago hizo ruido. Tendría que cazar algo para comer pronto, pero no tenía interés.

No tenía interés en nada.

Levanté el hocico al cielo y aullé.

Desde algún lugar, a al menos a un kilómetro y

medio, escuché otro aullido. Distante, pero reconocible.

Mi pelaje se levantó al reconocer el sonido de inmediato. Mi alfa.

Mierda. Entonces todavía seguía en la tierra de la manada. Debería haber sabido que terminaría de nuevo aquí. Mi lobo se había quedado en un terreno conocido. Bueno, supongo que mi lobo tomó la decisión por mí, dejaría que me mataran. Tal vez finalmente sentiría algo de paz.

Prefería que fueran los miembros de mi propia manada de todas formas.

Otro aullido se escuchó desde la misma dirección y me paré, sintiéndome obligado a ir hacia él.

Aullé de nuevo, como respuesta, y empecé a correr en dirección a los otros lobos.

Tomó veinte minutos, quizá más, en un terreno rocoso y cubierto de nieve antes de encontrarlos, o quizás ellos me encontraron a mí con nuestro sistema de aullidos.

Nos encontramos en una parte alta de la montaña, detrás de la casa de Rob. Conocía a mi manada de lobos. Reconocía a sus lobos. Rob, mi alfa. Willow, su luna. Levi, Johnny, Clint, Rand, Colton, Boyd y–maldición. Ace y Roy también estaban aquí.

Deseaba por el destino que no lo estuvieran. No

quería que tuvieran que ver a su hermano morir ante la mandíbula de su alfa.

Levi trotó por la nieve para pararse junto a mí y luego Rob movió la cabeza y giró en dirección adonde había venido. Los demás también voltearon. Sabía lo que significaba, era un requisito. Tenía que seguirlos. No tenía elección, sobre todo con Levi a mi lado. Con Johny aquí, quizás impartieran rápido la justicia de los cambiaformas. Maté a alguien del mundo humano. Finalmente tendría lo que me merecía.

34

SUMMER

MARINA APOYÓ unas galletas recién horneadas de chispas de chocolate y mantequilla de maní que acababa de sacar del horno sobre la mesa de la cocina de Rob para que se enfriaran, pero tenía cero interés en esa delicia.

Recorrí el largo de la gran cocina; mis soquetes se resbalaban sobre el piso de madera.

—Rob y los demás lo siguieron, —dijo Marina—. Lo encontrarán.

Asentí, pero sus palabras, aunque buscaban ser reconfortantes, no hicieron nada para frenar la fuerte contracción de los músculos debajo de mis costillas.

Justo entonces, el teléfono de Natalie sonó con un mensaje. Giré para verla, retorciendo las manos.

—Es Rand, —dijo, mirándolo.

Me lancé para mirar por encima de su hombro.

Lo encontramos. Rob lo trajo a la cabaña de la manada para hablar.

—¿Para hablar? —Pregunté—. ¿Qué quiere decir con eso?

Natalie y Marina se miraron.

—¿Qué? —Exigí saber. Tenía el corazón en la garganta. No me gustó esa mirada.

—Bueno, no lo sé con exactitud. Pero parece que esto es algo de la manada. Tienen que ocuparse de eso de una forma específica, —explicó Natalie.

—¿De eso? —Entrecerré los ojos; no me gustaba cómo sonaba—. ¿Qué quieres decir con *de una forma específica*?

Ninguna de las dos dijo nada, y quería estrangularlas a ambas.

—¿Qué quieres decir con de una forma específica? —Exigí saber.

—No, probablemente no sea nada, —dijo Natalie, pero noté una línea entre sus cejas.

—¿*Qué* es nada?

—Sólo parece que Boone actúa de una forma algo

irracional. O sea, Rob tendría que ver si realmente es demasiado peligroso. O si se ha vuelto salvaje.

—¿Salvaje? ¿Qué quieres decir?

—A veces los lobos se vuelven salvajes. Se quedan en forma de lobo y no quieren volver a transformarse. Cuando sucede eso...

Sonaban las alarmas. El miedo me recorrió, más miedo del que había sentido ayer por mi propia seguridad. Muchísimo más. Mi rostro estaba dolorido, pero le había estado poniendo hielo y tomé ibuprofeno. Estaba bien. ¿Por qué me importaría eso cuando podrían pensar que Boone era *salvaje*?

—¿Qué?

—Bueno, podrían tener que dormirlo.

¿Qué? ¿DORMIRLO?

—Claro que no lo harán, —gruñí—. ¿Dónde están? Llévenme a la cabaña ahora mismo, —exigí, yendo hacia la puerta trasera en donde había dejado mis botas.

—Sólo deberíamos esperar, —dijo Natalie, poniendo un brazo sobre mi hombro. Como si eso fuera a detenerme—. Regresarán aquí después de que el Alfa haya solucionado las cosas.

Negué con la cabeza.

—No. De ninguna forma. No dejaré que nadie toque a Boone. Es mi pareja. —Las lágrimas invadieron mis ojos—. ¡No pueden lastimarlo! Lo amo, y

Rob tiene que saber que hizo lo que hizo con Marty para protegerme.

—Creo que Rob definitivamente entiende eso, —dijo Marina con gentileza mientras se acerca para pararse frente a mí—. Sólo sería una cuestión de si está demasiado fuera de sí ahora.

¿Demasiado fuera de sí?

Una lágrima cayó por mi rostro. No había forma de que estuviera demasiado fuera de sí. No podía ser.

Y aunque lo estuviera, yo lo traería de regreso. No dejaría que se volviera salvaje. No lo haría. Nunca estuvo demasiado ido para mí.

Giré y miré a Natalie con ojos entrecerrados.

—O me llevas a esa cabaña para que pueda hablar con Rob o me robaré tu camioneta.

—Guau, espera, —dijo Marina, con la mano levantada.

—¡Ahora! —Dije de mala manera, y me llevé las manos a la cadera.

Sabía que no debía hablarles así a mis amigas, pero tenía el corazón en la garganta. Tenía que ser yo la que hablara con Boone. La que lograra que regresara a mí. A todos nosotros. No confiaba en que ninguno de ellos lo hiciera.

Ambas mujeres respondieron ante mi exclamación.

—Bueno, —dijo Natalie. —Bueno. Conduciremos allí.

35

BOONE

ROB NOS LLEVÓ por la nieve hasta la cabaña en la montaña. La que solía ser la base para las corridas de luna llena, las reuniones de la manada y otros eventos.

Así que quería hablar antes de decidir mi destino. Bien.

Entramos por la gran puerta de perros como lobos y luego nos transformamos. Sin decir palabra, todos sacaron su ropa extra de sus cubículos en la entrada.

—Por el amor de Dios, Boone, —dijo Roy mientras nos vestíamos, con una voz llena de acusación—. No puedes irte...

Rob hizo un gruñido grave en su garganta y Roy se

calló. Este era el espectáculo de Rob. Era el alfa. Él decidiría la justicia esta noche.

Nadie intentó hablar después de eso.

Cuando entramos a la recepción abierta, Rob gruñó,

—Boone y yo. El resto espera aquí afuera.

—Sí, alfa, —murmuraron los miembros de la manada mientras salían.

Respiré profundo. Mis pulmones dolían después de estar afuera en el frío. Llevaba unos pantalones deportivos viejos y una camisa de leñador azul. No había guardado soquetes ni zapatos aquí.

Rob me miró fijo; su mirada era oscura y pesada.

—El ex de Summer, Marty. Nos encargamos de eso. Levi y Kyle se ocuparán de cualquier problema humano que surja, sobre todo porque era policía, pero no debería pasar nada.

No sabía a qué se refería exactamente. Estaba siendo poco claro a propósito. Si quería que supiera más, lo habría dicho. Así que lo dejé ir porque sabía que Marty nunca volvería a lastimar a Summer.

Pero no era por eso que me había llamado aquí a hablar conmigo a solas. Eso sólo era una entrada en calor, un recordatorio de lo que había hecho y de cómo la manada se había ocupado de mi error. La pesadez de ser yo descendió como una manta de plomo sobre mis hombros. Debería disculparme. Quizás rogar por mi vida.

Pero en vez de eso, lo que salió fue la disculpa que nunca le había dicho. La de quince años atrás.

—Nunca quise tu lugar como alfa, —admití.

Las cejas de Rob se levantaron. Evidentemente no era la conversación que pensó que tendríamos.

—Mi papá quería que te desafiara, —continúe—. Sé que es probable que lo sepas. Peleamos y me fui. No sé por qué nunca te dije la verdad.

Rob se frotó la nuca. Mierda, Boone, ¿eso te ha estado molestando todos estos años?

Lo miré fijo en un mundo de miseria. De pronto tenía dieciséis de nuevo, la agonía de ser yo era tan grande que me aplastaba. Me aclaré la garganta antes de continuar.

—No quería que desterraras a mi familia. Necesitábamos a esta manada, con desesperación. —Levanté la mano y señalé en dirección a la otra habitación donde los demás esperaban—. Mis hermanos la necesitaban. Tus papás fueron todo después de que murió nuestra madre. Y entonces...

—Espera, Boone. —Rob levantó la mano para frenar mi forzado flujo de palabras. Si crees que me debes una disculpa, has perdido la maldita cabeza. Sí, lo sabía. O sea, lo pensé. Te fuiste y tu papá se vio bastante mal por unas semanas mientras sanaba.

También era un idiota malhumorado. Lo supe sin dudas cuando intentó obligar a Roy a luchar conmigo por el puesto unos años después. ¿Crees que te culpé a *ti* por eso?

Pasé los dedos por mi cabello. Ni siquiera estaba en el estado en ese momento y sólo escuché acerca de lo que pasó mucho después.

—Bueno, puede que me hayas visto como una amenaza.

—¿Por eso te mantuviste alejado todos esos años? —Rob sonaba asombrado—. ¿En Nueva York, de todos los lugares posibles?

Me encogí de hombros.

—Sí, o sea en parte. También porque la pelea con mi papá terminó la relación. Casi lo mato.

Rob no parecía sorprendido. Todo lo que vi fue comprensión en su expresión.

—Eso te debe haber asustado.

De algún modo, en nuestro mundo de viva en manada de alfas, nunca esperé este tipo de pregunta directa. O de compasión. Nuestro padre nunca jamás habló acerca de sentimientos ni validó los de nadie. Sobre todo un hombre *asustado*.

Me quemaba la nariz.

—Sí. Bueno, asustó a Roy y a Ace. Así que pensé que sería mejor para todos si me mantenía alejado.

Rob se acercó y puso una mano sobre mi hombro.

—Boone, yo te debo a *ti* una disculpa. Debí haberte llamado cuando estabas en Nueva York. O visitado. Pensé que algo había pasado con tu papá, sobre todo porque tus hermanos parecían taparlo todo tan bien, pero estaba, eh, intentando ver cómo lidiar con el dolor de perder a nuestros padres al mismo tiempo que aprendía a liderar una manada.

Me ardían los ojos.

—Sí, por supuesto. No esperaba que te contactaras.

—Bueno, debí haberlo hecho, —respondió—. Y lo siento. Porque quizá si hubieras sabido que no te culpaba por nada de eso, no te habrías mantenido alejado.

¿Él se arrepentía?

—Me mantuve alejado porque soy peligroso. —Mi voz sonaba a que la habían cortado con navajas.

Escuché que una camioneta estacionaba afuera. Quizá se nos unirían algunos miembros más de la manada.

Rob negó con la cabeza.

—No eres peligroso, Boone. Eres mi primo, lo que te hace un lobo alfa. Eres realmente protector, como se supone que lo seas. Está en nuestra sangre.

Me quedé mirándolo fijo. Quería creer en lo que decía, pero la evidencia no lo respaldaba. Siempre fui demasiado lejos. Arruiné las cosas.

—¿Alguna vez lastimaste a alguien que no se lo mereciera, Boone? —preguntó.

Transpiraba, el conflicto en mí se sentía como coches chocando en mi mente.

—No... no lo sé.

Rob negó con la cabeza.

—*Yo* lo sé. No lo has hecho. ¿El ex de Summer? Eventualmente la habría matado. Vi lo que ya le había hecho. La justicia de la manada lo habría sentenciado a la muerte. No eres un peligro, Boone. Sólo eres realmente alfa. Venimos de un largo linaje de lobos alfa.

La puerta se abrió de golpe y, ¡oh destino! Todo mi cuerpo se encendió, magnetizado por la mujer que entró volando. Summer entró apresurada.

—¡Nadie tocará a mi pareja! —gritó y luego me vio.

Su pareja. Me estaba reclamando. Todavía me quería, después de lo que había hecho.

Antes de saber qué estaba pasando, los brazos de Summer volaron alrededor de mi cintura y me abrazó con fuerza.

—Bebé, —dije con suavidad, poniendo las manos en su cabello. Era una plegaria suspirada. Una bendición. Un voto sagrado.

Summer estaba aquí. El lobo en mí estaba en calma.

Destino, casi muero sin ella. O al menos quería

hacerlo. Ahora me sentía como si de repente hubiera despertado de un coma.

Estaba vivo otra vez. Ella era mi razón para vivir y respirar. Era mi luz. Mi música. Mi conexión con otros humanos.

Giró a ver mal a Rob.

—Él es *seguro*, —dijo de mala forma, con su voz salvaje. Hasta pinchó su pecho una vez—. Nadie lo dormirá. Él nunca *jamás* lastimaría a nadie que no lo mereciera.

Los labios de Rob se alzaron en una pequeña sonrisa.

—Lo sé, Summer, y eso estaba diciéndole.

—¿En serio? —Ajustó su tono y bajó el brazo—. Bueno, bien. Gracias. —Levantó la cara y me miró con el ceño fruncido—. Boone, *nunca* más te vayas corriendo así otra vez.

A mi corazón le crecieron alas y empezó a aletear.

Sostuve su hermoso rostro en mis manos. Su mejilla estaba hinchada y cortada, lo que me mataba.

—No lo haré, —prometí—. Lo siento, bebé. Yo...

Me di cuenta de que Rob había salido para darnos algo de privacidad.

—Perdí el control, —expliqué—. Te asusté y nunca me perdonaré a mí mismo por...

—No. —Summer negó con la cabeza. Ella lo dijo con suficiente firmeza como para callarme—. No perdiste el control. Fuiste totalmente seguro para mí. Hiciste todo lo necesario para protegerme y salvarme de Marty, y te amo muchísimo por eso. —Sus ojos se llenaron de lágrimas—. Así que no te *atrevas* a culparte por nada.

Su ferocidad me sacó una pequeña sonrisa.

Mi hermosa pareja llegó a defenderme. Enfrentó a un lobo alfa. Por mí. Me reclamó. No tenía miedo.

—Pero saliste corriendo cuando todavía te necesitaba, —dijo—. Y eso dolió.

Pasé una mano por mi cabello despeinado.

—Mierda, Summer. Lo siento mucho. Sólo... pensé que estarías más a salvo sin mí.

Ella negó con la cabeza.

—No. Te *necesito* a ti, Boone. No quiero estar sin ti. Nunca más. —Sus ojos se llenaron de lágrimas. Me tocó el pecho y su cara se volvió seria—. Eres mi pareja. Así que nunca más te vayas corriendo. Esa es una regla.

Dejé salir una risa aliviada. Parecía una locura poder pasar de odiarme a flotar a diez centímetros del suelo en diez minutos, pero había sucedido. Rob no me odiaba. Diablos, él se disculpó conmigo y no al revés.

Summer me necesitaba. No quería librarse de mí. No me tenía miedo. Pensé que me había equivocado al matar a su ex, pero mi verdadera equivocación fue abandonar a mi pareja. De pronto todo era claro.

—Yo... no te volveré a dejar nunca más. Lo prometo.

La puerta se abrió y Roy entró, seguido por Ace.

—Espero que lo hayas golpeado en los dientes por salir corriendo, —le gruñó a Summer.

Ella se puso derecha, todo su metro sesenta, y acomodó su cuerpo como si fuera a protegerme.

—No, no lo hice. Ya sufrió suficiente. Y ustedes tienen que solucionar su mierda del pasado ahora mismo, —ordenó.

Mis labios se levantaron un poco más. Mi pareja era feroz cuando quería serlo, y realmente me encantaba.

Ella se llevó las manos a las caderas y les dijo todo lo que todavía tenía que decirles.

—Boone está tan lleno de culpa por abandonarlos, pero también sintió que era lo mejor para preservar la armonía en la familia. Pensó que era demasiado peligroso quedarse y que los había traumatizado al pelear con su papá frente a ustedes.

Casi me caigo al suelo con el honor de que me entiendan tanto. Summer acababa de conocerme hace dos semanas, pero se sentía como si realmente me viera. Como si me conociera mejor que yo mismo.

También me avergonzaba que hubiera tomado todos estos años sólo poner esta mierda sobre la mesa, tanto con Rob como mis hermanos. ¿Cuántos años habían pasado sin hablar de eso? ¿Sólo evitándolo?

—¿Traumatizarnos? Claro que no. Que te fueras fue el único trauma que tuvimos, —dijo Ace—. Te necesitábamos, Boone. Papá era un maldito bastardo y te fuiste. Igual que como te fuiste cuando tu pareja te necesitaba.

Se me cerró la garganta con un nudo.

—Lo siento, —dije ahogado, mirando a Ace, Roy y Summer—. Lo arruiné.

—Gracias. —Summer aceptó mis disculpas con la misma gracia con la que hacía todo—. Te *necesitamos* feroz. Te necesitamos peligroso. Deja de tener miedo de quién eres y de intentar proteger al mundo de ello. Eres exactamente quien se supone que seas, un peligro para cualquiera que se meta con quienes amas.

Era lo mismo que había dicho Rob.

Me ardían los ojos y de pronto no podía respirar. Envolví a Summer desde atrás con los brazos, sosteniendo mi salvavidas.

—Tiene razón, hermano, —dijo Roy, sonriéndome —. Nadie aquí tiene miedo de que seas un peligro para nadie más que ti. Así que deja de aislarte como un ermitaño y vuelve a vivir. Ahora tienes pareja. Una que será famosa. —Roy le guiñó el ojo a Summer, quien le sonrió.

Besé la parte superior de su cabeza. Me dolía el

pecho porque mi corazón se había hinchado tanto. La gente a la que más amaba en el mundo también se preocupaba por el otro. Era una belleza que nunca pensé que viviría.

—Sí, —dijo Ace—. Probablemente vivas de giras por el mundo con ella, así que acostúmbrate a estar rodeado de gente.

La sonrisa de Summer se agrandó aún más.

—No sé acerca de eso.

—Yo sí, —dije con total certeza—. Contrato de grabación, tour, fandemonio. Eso es lo que vendrá, mi hermosa mujer.

—¿E ibas a abandonar *eso*? —Roy abrió la mano y la movió en dirección a Summer para enfatizar su punto.

—No soy un *eso*. —Ella giró en mis brazos y me miró—. Y no me volverá a abandonar. ¿Verdad?

—*Jamás*, —juré—. Esa es la regla. Lo siento. Les debo una disculpa a cada uno de ustedes.

—Adelante, hermano, —Roy me dio la mano fuerte y me llevó hacia él para golpearme la espalda.

Ace hizo lo mismo.

—Sí, hermano. Te amamos. Deja de ser un sorete gigante.

Summer reclamó su posición en mis brazos y me abrazó.

—Vamos a casa.

Casa.

No sabía a qué casa se refería Summer, pero no me importaba. Casa era donde fuera que ella estuviera. Y sí, la seguiría al fin del maldito mundo. Al menos eso estaba claro ahora que había sacado mi cabeza de mi trasero.

La tomé en mis brazos.

—En casa es exactamente el lugar donde necesito estar, bebé.

36

SUMMER

—Lo siento, bebé. —Boone me bajó a mis pies en el suelo de su cabaña. Ace y Roy nos habían dejado allí y él me entró. Todos los demás se habían ido también a casa.

Tocó mi mejilla, bajó la cabeza para darme un beso lento y suave.

—Debí haber estado contigo anoche. Debí haberte tenido en mis brazos y consolado después de lo que pasó.

No quería que se sintiera más culpable aún, pero era un alivio escuchar que entendí que me había lastimado. Esperaba que significara que no se volvería a alejar de nuevo. Que no habría una próxima vez en este patrón de tener un incidente violento e irse.

—Me sentí abandonada, —admití, porque hacerme cargo de mis sentimientos era parte de una relación sana. O eso había aprendido de los libros que leí intentando arreglar un matrimonio condenado—. Estaba bastante enojada al principio.

Miró mi moretón, sus cejas bajaron.

—Debí haber sido el tipo que sostenía el hielo en tu rostro.

—Ojalá lo hubieras sido, —admití—. Pero cuando no habías regresado esta mañana, me di cuenta de que estaba pensando en mí cuando era la que estaba en casa a salvo. Tú eras el que estaba en peligro y sufriendo. Entonces me di cuenta de que me necesitabas tanto como yo a ti.

Boone pestañeó rápido; sus ojos se volvieron rojos.

—Sí te necesito. No lo lograré sin ti. —Entonces pareció alarmarse un poco, como si hubiera dicho algo malo—. O sea, eso no significa que estés atrapada...

Puse mis dedos sobre sus labios.

—No. Ya no te cuides conmigo. Sé que al principio me asusté. Comparaba todo lo que hacías y decías con Marty, y algunas cosas parecían *red flags*, pero me equivoqué totalmente. —-Empecé a abrir su camisa de leñador—. Quiero que sepas que no te tengo miedo. No creo que seas demasiado posesivo. No tengo

ninguna duda sobre ti, Boone. Sobre nosotros. —
Deslicé su camisa por sus hombros, descubriendo su
pecho hermoso y esculpido, pesado con rizos castaños
y suaves. Dejé que mis palmas se perdieran sobre sus
músculos, acariciándolo con aprecio.

Me quitó el suéter por encima de la cabeza y lo
arrojó al suelo.

Desabroché sus vaqueros.

—Antes no sabía nada del destino, pero ahora yo
también creo. Estamos juntos porque así se suponía
que fuera. Tú y yo.

Esta vez cuando me besó. No fue suave. Fue feroz.
Su boca devoró la mía, nuestros labios se chocaron, su
lengua entró a mi boca. Tomó la parte posterior de mi
cabeza para mantenerme en mi lugar ante el ataque,
mostrándome cómo se sentía.

—Te amo, Boone, —dije cuando me dejó respirar.

—Mierda, Summer. Te amo tanto, maldición. —
Volvió a besarme frenéticamente, apretando mi trasero
y caminando hacia atrás hasta que mis piernas
chocaron con la cama y nos caímos encima. Pasó un
brazo junto a mi cabeza para sostener su peso encima
de mí y no aplastarme cuando cayéramos.

—Te amo tanto a *ti*, —lo contradije.

Una expresión atrevida apareció en su rostro.

—Entonces, ¿estás diciendo que no tengo que
seguir conteniéndome?

Mis cejas se levantaron.

—¿Te estabas conteniendo?

—Ah, sí, bebé. Me estaba conteniendo *bastante*. —Se arrodilló y miró de mis calzas y bragas para sacarlas por mis piernas—. Estás a punto de descubrir cómo suena un lobo alfa dominante en la cama.

Mi vagina se tensó; un escalofrío de lujuria me atravesó.

—Sí, por favor.

Se quedó viendo fijo mi cuerpo casi desnudo con ojos brillosos.

—Mía.

Suya. Sí, me gustaba cómo sonaba. Ya no me daba miedo. De hecho, lo anhelaba. Mi cuerpo estaba perfectamente en sintonía con el suyo. Con sus caricias. Su voz. Su presencia. Al igual que él estaba hecho para mí. Yo era suya, y él era mío.

Bajó sus pantalones deportivos por su cadera y se los sacó.

—Necesitaré ver esas tetas perfectas que tienes. *Quítate el sostén.* —Había una orden en su voz que me provocó una emoción absoluta en todo el cuerpo.

Sabía que era un juego. Que estaba totalmente a salvo. Que nunca me lastimaría. Y eso hacía que su dominancia fuera realmente sensual. Había estado en una situación en la que mi pareja me aterraba. Sabía que nunca estaría de nuevo en algo similar.

Bajé las tiras de mi sostén hasta mis hombros y sostuve la mirada de Boone mientras lo desabrochaba. Luego mantuve la prenda en su lugar, cubriendo mis pechos, poniéndolo a prueba.

Movió las cejas mientras se subía encima de mí. Su verga estaba dura para mí, rozando mi barriga.

—Dije, *quítate el sostén*, bebé. Tengo que ver si esos dulces pezones ya están duros y tensos para mí o si necesitas que pase la lengua a su alrededor y los succione hasta que estén bien y duros.

Oh Dios. Mi vagina se tensó de nuevo. No tenía idea de que Boone era tan bueno en hablar sucio.

Me lo había estado *perdiendo*.

De a poco bajé la tela del sostén, mostrando mis pezones, que definitivamente ya estaban duros y tensos. Pero igual los miré y dije,

—Quizá necesitan un poco más de incentivo.

Los labios de Boone formaron una sonrisa de satisfacción mientras bajaba la cabeza. Pasó la lengua sólo una vez sobre mi pezón derecho. Luego una vez sobre el izquierdo. Luego los sopló para que la humedad se enfriara y se secara, causando una sensación fresca.

Me arqueé para mostrar mi aprecio.

—Más.

Boone inclinó la cabeza, como si considerara si seguir mi pedido.

—¿A quién le pertenecen estas hermosas tetas?

Mi mente dudó como respuesta defensiva, pero luego recordé que era un juego. Un juego muy delicioso.

—A ti.

Su sonrisa era feroz.

—Eso es, bebé. Este cuerpo es mío. Mío para darle placer. —Tocó mi pecho derecho, sus dedos gruesos moldearon el costado y lo movieron hacia su boca. Esta vez tomó mi pezón en su boca y succionó fuerte.

Grité, sintiendo la respuesta entre mis piernas.

—Oh Dios.

—Puedes llamarme un dios. Me encantaba que sonara agrandado. —Te *daré* una experiencia trascendental.

Gemí cuando llevó su boca de nuevo a mi pezón y lo volvió a succionar y a soltar y a rozar su punta levemente con los dientes.

Se sentó encima de mi cintura y acarició mis pechos con ambas manos, luego bajó por mis lados. Bajó los labios para besar mi mandíbula y descender por un lado de mi cuello.

Estaba tardando demasiado. Lo necesitaba adentro de mí. Ya estaba desesperada.

—Por favor. Házmelo, Boone.

Sonrió, pero siguió dejando sus besos con movimientos de su lengua. Por encima de mi clavícula. Entre mis senos. Por el plano suave de mi estómago.

—Eres goloso, ¿verdad?

—Sí, —gemí.

—¿Crees que estás lista para mi verga?

—Lo estoy.

—Hmm. Veamos. —Puso sus dedos entre mis piernas al mismo tiempo que me besó más abajo, por encima de mi monte, hasta el ápice de mis labios. Las yemas de sus dedos se hundieron en mi entrada mojada—. Mmm. Sí, estás produciendo mucha de esa miel dulce para mí, ¿verdad, hermosa?

Estaba perdiendo la habilidad de hablar o de pensar cosas coherentes. Todo lo que pude hacer fue dejar salir un suspiro melodioso de placer.

Boone metió dos dedos dentro de mí al mismo tiempo que su lengua se hundía entre mis labios de abajo, separándolos.

Grité.

—¡Oh! Oh...

Acarició mi pared interna con la punta de sus dedos, estimulando lo que debe ser mi punto G.

—¡Boone! —Si sonaba espantada, era sólo porque era casi *demasiado* placer. Demasiada estimulación. Necesitaba algo más. Algo que debería ayudar a liberar la tensión que crecía rápidamente.

—¡Por favor... Boone!

Boone encontró mi clítoris, donde todos esos nervios se conectaban en el punto G, y lo succionó.

Grité, un orgasmo me recorrió.

—¡Oh, por Dios! ¡Oh por dios! —Definitivamente sonaba espantada. Era demasiado. Demasiado intenso. Grité, literalmente grité, un llanto agudo de varios segundos hasta que terminé.

Luego caí sobre la cama, jadeando como si un oso me hubiera perseguido durante un kilómetro.

—Oh, por Dios, Boone, —dije, intentando recuperar el aliento—. ¿Qué me estás haciendo?

Me giró y me dio una palmada en el trasero. En mi estado de delirio, se registró como puro placer.

—Estoy satisfaciendo a mi pareja. —Le dio una palmada en la otra mejilla—. Este es mi trabajo, bebé. Darte placer es mi actividad preferida en todo el maldito mundo.

Oh por dios. ¡Me dio una palmada!

Después de que una réplica del terremoto me recorriera, todo mi cuerpo tembló con la tensión de mis músculos internos.

—Ohhhhh, —gemí, ya cansada por lo que asumí era sólo el juego previo.

—¿Ahora serás una buena chica y tomarás mi verga? —Boone separó más mis muslos, moviéndose para arrodillarse entre ellos.

—Mmm.

Boone se inclinó y me mordió suave el hombro.

—¿Hmm? —Su verga se movió contra mi entrada y

arqueé la espalda para recibirlo—. ¿Estás lista para que te dé?

Ay, maldición.

Mi vagina se tensó de nuevo. Estaba mareada de lujuria. Este hombre podía hablar sucio como ningún otro. Me estaba haciendo venir sólo con palabras.

—Aján, —susurré. Definitivamente necesitaba sentirlo adentro de mí. Los dedos no eran substituto para lo real, en mi opinión.

Entró fácil, yendo lento, para que tuviera tiempo de ajustarme a su tamaño.

—Guau, —murmuré.

Boone se rió.

—¿Esto es rico para ti, bebé? —Salió y volvió a empujar para entrar—. ¿Lo tomarás por atrás?

—Siiii, —gemí.

—Quizá te gustaría más con una almohada debajo de tus caderas. —Envolvió mi cintura con su enorme brazo y la levantó para hacer lugar para una almohada.

Tenía razón. Sí me gustaba más. El ángulo le permitía ir más profundo.

Gemí al compás de sus empujones, separando aún más las piernas, levantando más alto el trasero.

—Sí, te gusta. Te gusta cuando voy profundo, ¿verdad, bebé?

—Sí, —admití.

—Te lo haré duro. ¿Eso quieres?

No tenía que pedirme consentimiento. Ya sabía con total certeza que Boone se detendría de inmediato si algo me lastimaba. Me cuidaría. Podía confiarle mi cuerpo, y ahora que habíamos superado sus creencias de que era peligroso, mi corazón.

Pero igual le di el consentimiento que deseaba.

—Lo quiero.

Más tarde podríamos hablar sobre el consentimiento acordado, hasta de fingir no darlo. Estaba totalmente de acuerdo con jugar a lo bruto con él porque era el hombre que mataría o moriría por mí.

Gruñó, tomando mi hombro desde la nuca para sostenerme en el lugar mientras me lo hacía duro. La cama rebotó y golpeó contra la pared. Chillé de placer. Los movimientos de Boone se volvieron torpes.

—Mierda, bebé. Ya me vendré. No me puedo contener.

—¡Sí! —Grité—. ¡Vente!

Levantó más la velocidad; sus partes chocaban contra mi trasero, los sonidos resbaladizos de nuestra pasión hacían eco en la pequeña cabaña.

—Estás tomando mi verga como una buena chica. Una chica tan buena...

No sabía que me gustaba que me halaguen, pero me encantaba escuchar su adulación.

—Mierda, bebé. Mierda. Pon las manos en el cabezal. Abre más esas piernas. Dame ese dulce trasero. Eso es. —Golpeó contra mí y perdí el aliento.

Oh. Por. *Dios.* Me sorprendía que la cama no explotara en llamas.

—Estoy llegando. ¿Te vienes conmigo?

—¡Sí! —Definitivamente era una chica de llegar al orgasmo con la penetración vaginal. Me gustaba que me tocaran el clítoris, pero no lo necesitaba para venirme.

Boone se movió contra mí y juraría que podía sentir el calor de semen llenándome. Apreté su verga, de forma intencional al principio, y luego mi cuerpo recibió el mensaje y llegué fuerte al orgasmo. La habitación dio vueltas. Me sentía mareada.

Boone gruñó, seguía descargándose. Sus dedos tocaron debajo de mi cadera y encontraron mi clítoris; volví a convulsionar, viniéndome por tercera vez.

—Esa es mi chica buena, —ronroneó—. Te haré seguir viniéndote día y noche.

EPÍLOGO

SUMMER

—No puedo creer que esto esté pasando. —Le apreté fuerte la mano Boone, mirando hacia arriba al edificio imponente de vidrio que albergaba la productora de música de Sara. Era de Los Ángeles y estaba acostumbrada a las multitudes, pero era algo diferente a Nueva York. Más alto. Más poblado. Ruidoso. Emocionante, pero también me hacía anhelar nuestra cabaña pacífica y tranquila en el bosque.

Era primavera y Boone y yo estábamos en Manhattan para firmar el contrato que mi abogada, Selena Jenkins, había negociado. Ella era cambia-formas y parte de la manada Wolf, pero también se ocupaba de temas legales humanos. Para ella, el mío era divertido. ¡No era todos los días que alguien recibía una propuesta musical!

Boone había reservado un estudio de grabación para mí en Missoula, había grabado mi demo y se lo había enviado a Sara como me pidió. Ella luego me contactó casi de inmediato con un contrato de muestra.

Parecía demasiado sencillo. Demasiado bueno para ser real.

Pero así es cómo parecía también nuestra relación con Boone.

Había dejado de buscar *red flags*, pero igual me había llevado los últimos meses realmente creer lo buena que se había vuelto mi vida. Para realmente recibir todo lo que Boone quería darme. Para saber que lo merecía, que lo valía, y que le devolvía la misma energía.

Me malcriaba con su atención, su amabilidad, su pasión para hacer el amor y su dinero. Parecía que todo lo que necesitaba a cambio era que yo lo dejara hacerlo, pero intentaba también ser recíproca de otras formas. Estaba asegurándome de que se mantuviera sociable, de que fuera a las reuniones y corridas de la manada y de que creara una comunidad. Sus hermanos y él ya se llevaban mejor, lo que era genial, porque también los amaba.

—Esto está pasando realmente.

Boone me abrió la puerta y entramos al edificio.

Era pulcro y moderno, con elegantes pisos de mármol y un techo elevado.

Respiré hondo para hablarle al guardia en la recepción principal, y le dije que estábamos allí para ver a Sara.

—Estoy tan nerviosa, —le confesé a Boone mientras entrábamos al ascensor. Tomé su mano con fuerza y él apretó la mía.

—Bebé, no tienes nada de qué preocuparte. —Se agachó para darme un beso en la parte superior de mi cabeza—. El contrato ya se negoció. Esto sólo es la ceremonia.

Tenía razón. En realidad podría haber firmado el contrato digital, pero él me había sugerido volar para conocer a Sara en persona. Me había dicho que una reunión cara a cara consolidaría la relación y me aseguraría que realmente trabajaría duro para llevarle mi música al mundo, aunque no dudaba que lo haría. Se conocían desde hace mucho y se habían unido por una situación oscura. Confiaba en su juicio. Además, él quería mostrarme la ciudad de Nueva York porque yo nunca había ido.

Habíamos volado hace algunos días, primera clase (mi primera vez) y nos estábamos quedando en Waldorf Astoria. Síp, estaba malcriándome mucho.

Sara estaba esperándonos afuera de los ascensores en el piso veintitrés.

—Hola, Summer. Boone.

Esperaba formalidad, pero a pesar del traje elegante y los tacones, Sara nos trató como familia. Ella fue a darle un abrazo a Boone y a mí también, con una sonrisa brillante.

—Es tan genial conocerte en persona, Summer. Estoy muy emocionada por tenerte a bordo. —Nos hizo entrar—. Pasen al fondo, firmaremos los papeles y luego los llevaré a ambos a almorzar. —Ella nos llevó a una sala de conferencias con una gran pared que daba a Manhattan y tenía una mesa gigante y moderna de vidrio en la que probablemente entraban unas veinticinco personas. El contrato ya estaba preparado con un elegante bolígrafo y marcadores que señalaban los lugares donde debía firmar.

Tomé el bolígrafo y luego recordé lo que mi gestora de redes sociales, es decir, Riley, me había dicho sobre filmarlo.

—Em, ¿le importaría filmarlo? Quiero publicar este importante momento en mis cuentas de redes sociales. —Saqué mi teléfono y se lo di a Sara.

No pudo evitar reírse.

Había aprendido mucho en los últimos cuatro meses sobre exponerme. Riley me hacía publicar todos los días, compartir videos cortos de las canciones que había grabado para el demo, además de simplemente un «día en la vida de una cantante». Cantaba mucho en el salón de Cody poque todavía trabajaba ahí por diversión y su negocio se había vuelto famoso. Era una locura, pero algunos de los videos de mis canciones habían sido reutilizados en las publicaciones de otras personas miles de veces.

Sara quería grabar de forma profesional la semana que viene, ni bien hubiéramos firmado los últimos papeles.

—Por supuesto. Mi asistente también lo filmará para nuestras redes. —Ella le hizo una seña a la joven detrás de ella que sostenía un teléfono.

Le sonreí a la cámara ni bien firmé el contrato. ¡Estaba firmando! Estaba sucediendo. ¡Oh por dios! Miré a Boone, quien me guiñó el ojo.

—Felicitaciones, —dijo Sara—. Oficialmente has firmado. Brindemos por la ocasión.

Su asistente descorchó una botella de champán y sirvió copas para los tres. Nos paramos chocando las copas.

—Por ti, Summer, y por lo que sé que será una importantísima carrera exitosa y abundante, —dijo Sara. Luego giró a ver a Boone—. Y por ti, el hombre que una vez recibió una puñalada por mí y me salvó la vida.

La asistente se sorprendió mientras chocábamos las copas. Claramente, ella no conocía la historia entre su jefa y Boone.

Boone me miró.

—No, todo esto es por ti, bebé. Este es el momento de Summer. No quiero compartir tu gloria. Sólo quiero mirar cómo despegas como un cohete.

Apoyé mi copa y puse los brazos a su alrededor. Era tan grande y cálido y fuerte y... mío.

—No podría hacer esto sin ti.

Su brazo me rodeó y me puso contra él. Era mi lugar favorito en el mundo. Donde me sentía a salvo y contenida y amada.

—Sí, podrías. Esto es todo por ti. Pero no te preocupes porque no iré a ninguna parte. Estaré contigo en donde sea que esto te lleve.

—Aw, ustedes son dulces. ¿Por qué no le propones casamiento? —Preguntó Sara.

Boone se aclaró la garganta.

—En realidad, después del almuerzo pensaba que podríamos ir a Tiffany a encontrar uno.

Exhalé asombrada.

—¿Me estás pidiendo que me case contigo?

Él se quedó helado, como si se hubiera dado cuenta de que había arruinado la propuesta.

Me reí porque lo entendía; en su mente y para su especie, ya estábamos más que casados. Un anillo y papeleo eran rituales humanos, no de cambiaformas, y nunca los había esperado.

—Ese no fue tu estrategia más ingeniosa, Boone, —lo molestó Sara, con una sonrisa para suavizarlo.

Boone se arrodilló.

—¿Qué tal esto?

—¡Sí! —Exclamé para evitarle todo un discurso improvisado que no había preparado. Sabía que me amaba. Sabía que estaba comprometido. No necesitaba las palabras elegantes ni enroscadas. Ya había tenido eso, y habían sido puras mentiras. Lo que tenía con Boone era real. Tan real que apostaría por ello.

—Bueno, eso fue fácil, —se rió Sara.

Me senté cuidadosamente sobre la rodilla de Boone para besar sus labios.

—Él es alguien con quien quedarse, —murmuré—. Mío, —susurré, y luego lo besé otra vez. Era mi hombre. Mi pareja. Mi lobo y pronto mi esposo.

Era la mujer más afortunada del mundo.

CONTENIDO EXTRA

¿Adivina qué? Tengo contenido extra para ti.

Como siempre... ¡gracias por amar mis libros y las montadas salvajes!

http://vanessavaleauthor.com/v/2rt

¡RECIBE UN LIBRO GRATIS!

Únete a mi lista de correo electrónico para ser el primero en saber de las nuevas publicaciones, libros gratis, precios especiales y otros premios de la autora.

http://vanessavaleauthor.com/v/ed

LIBRO GRATIS DE RENEE ROSE

Quiere un libro gratis de Renee Rose? Suscríbete a mi newsletter para recibir *Padre de la mafia* y otro contenido especialmente bonificado y noticias de nuevos. https://BookHip.com/NCVKLK

TODOS LOS LIBROS DE VANESSA VALE EN ESPAÑOL

https://vanessavaleauthor.com/book-categories/espanol/

OTROS LIBROS DE RENEE ROSE

Rancho Wolf

Áspero

Salvaje

Feroz

Rudo

Indomable

Implacable

Instintivo

Vigoroso

Dos Marcas

Rebelde - GRATIS

Tentada

Deseada

Seducida

Alfa de Montaña

Héroe

Rebelde

Guerrero

Alfas peligrosos

La tentación del alfa

El peligro del alfa

El premio del alfa

El reto del alfa

La obsesión del alfa

El deseo del alfa

La guerra del alfa

La misión del alfa

El tormento del alfa

El secreto de alfa

La presa del alfa

La sangre del alfa

El sol del alfa

La luna del alfa

El juramento del alfa

La venganza del alfa

El fuego del alfa

El rescate del alfa

Hombres lobo de Wall Street

Un Gran Jefe Malvado: Medianoche

Un Gran Jefe Malvado: Lunático

ACERCA DE LA AUTORA
- VANESSA VALE

La exitosa *bestseller* Vanessa Vale escribe romance seductor de chicos malos implacables que se enamoran con todo su corazón. Ha vendido más de un millón de ejemplares. Vive en el oeste de los Estados Unidos y allí siempre se inspira para escribir su próxima novela. No será tan buena con las redes sociales como sus hijos, pero le encanta interactuar con los lectores.

https://vanessavaleauthor.com

f facebook.com/vanessavaleauthor

instagram.com/vanessa_vale_author

BB bookbub.com/profile/vanessa-vale

tiktok.com/@vanessavaleauthor

CONOCE A LA AUTORA

RENÉE ROSE, LA AUTORA BESTSELLER EN USA TODAY, ama los héroes dominantes, ¡los machos alfa que saben hablar sucio! Ha vendido más de un millón de copias de tórridas novelas románticas con diferentes niveles de sexo no convencional. Sus libros han sido presentados en el Happily Ever After de USA Today y en Popsugar. Nombrada en el Eroticon de los Estados Unidos como la Próxima Autora Erótica Top en 2013, ha ganado también como Autora Preferida en Ciencia Ficción y Antología Valiente y Atrevida y con la mejor novela romántica histórica en The Romance Reviews. Figuró catorce veces en la lista de USA Today con su serie Rancho Wolf y varias antologías.

**Suscríbete a mi newsletter para recibir contenido especialmente bonificado y noticias de nuevos lanzamientos en Español.

https://www.subscribepage.com/reneerose_es

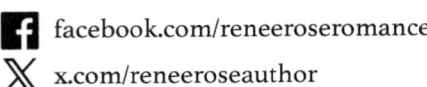

facebook.com/reneeroseromance
x.com/reneeroseauthor
instagram.com/reneeroseromance